刘成信/主编

中国杂文
ZHONGGUO ZAWEN

（百部）卷五

吴昊集
WUHAO JI

吉林出版集团股份有限公司
全国百佳图书出版单位

U0782438

图书在版编目（CIP）数据

中国杂文百部．当代部分．第5卷．吴昊集／吴昊
著．-- 长春：吉林出版集团股份有限公司，2013.5
ISBN 978-7-5534-1630-4

Ⅰ．①中… Ⅱ．①吴… Ⅲ．①杂文集－中国－当
代Ⅳ．① I26

中国版本图书馆 CIP 数据核字（2013）第 065514 号

吴昊集
WUHAO JI

出 版 人	吴文阁	
作 者	吴 昊	
主 编	刘成信	
责任编辑	金方建	
封面设计	梁文强	
开 本	650 mm × 950 mm 1/16	
字 数	80 千字	
印 张	12	
版 次	2013 年 5 月第 1 版	
印 次	2020 年 5 月第 1 版第 3 次印刷	
出 版	吉林出版集团股份有限公司	
发 行	吉林音像出版社有限责任公司	
	吉林北方卡通漫画有限责任公司	
地 址	长春市泰来街1825号 邮 编：130062	
电 话	总编办：0431-86012893 发行科：0431-86012770	
印 刷	三河市华晨印务有限公司	

ISBN 978-7-5534-1630-4-02 定 价：28.50 元

《中国杂文》(百部)
总 序

刘成信

一

人类的文学艺术，源远流长，丰富多彩。随着社会的推进、发展，其分门别类日益精细——从最初的歌曲、舞蹈、神话、故事等逐步演绎出诗、散文、小说、戏曲。直到二十世纪初，科学技术与文学艺术融合，又有了电影、电视剧等。

有一种文学艺术虽然在中国问世两千余年，由于后人未给予"名分"，以致到二十世纪初，才从文学艺术谱系中分野出来，这就是古老而年轻的杂文。

人类和自然界大体都遵循适者生存的法则萌芽、生长与消弭。两千多年来，杂文本应与小说、诗、散文、戏剧、音乐、电影等姊妹艺术一道，繁花似锦、根深叶茂。然而，它没有像先贤们渴望的那样，而是纤弱的，时生时灭，时有时无，同其他汗牛充栋的文学艺术作品相去甚远。

二

时序到1915年，中华文学艺术宝库迎来新曙光，一个精灵出现了——杂文在多灾多难的中华大地，被一些先知先觉的知识分子接受了！

杂文这个新成员一侥来到华夏，其特性便与众不同——首先是符合社会发展规律，它主张顺应历史潮流。它不重复生活，不还原历史，不演绎过去，而最突出的展示将来，预期社会走势，判断人间是非。

杂文一侥来到华夏，便告之，它向往和平、民主、科学、自由、平等、人道、富裕及真善美；杂文憎恶专制、昏聩、愚昧、野蛮、特权、贪婪、奴性、虚伪及假恶丑。杂文与其他文学艺术既相通又有自己的特性。

杂文一侥来到华夏，就融于文学大家族，与各种文学艺术形成天然的血肉联系。它不像小说那样刻画人物，而是粗线条勾勒人与事；它不像诗、散文等那样纤细、抒情，而是明白如话，开诚布公。但杂文能够调动各种姊妹艺术如寓言、故事、说唱、戏曲、元杂剧等"为我所用"。

杂文一侥来到华夏，它就友好地"拿来"社会科学乃至自然科学的多种文化元素。它不是政治学，但只有不迷失政治选择，才能解析身边社会的变数；杂文不是社会学，但只有掌握瞬息万变的时代脉搏，才能适应人间丛林法则；杂文不是历史学，但人总应拨开历史雾障，略知历史长河的走向；杂文不是生理学不是心理学，但它能解剖人性、解读人生，理顺人际关系；杂文不是方法论，但它无处不闪烁着思想方法的光芒；杂文不是文艺学，但它评价文艺现象既深刻又形象；杂文不是美学，但每篇优秀杂文无不抨击假恶丑，无不向往美、赞扬美……

理解杂文、认识杂文，才能与杂文为友，才懂得杂文的大爱。杂文真的是半部百科全书。

三

杂文打捞历史风尘，知耻近乎勇。杂文对于文化批判，社会批判，历史批判，人性批判，世世代代惹来不知多少是非。

嫉妒杂文、讨厌杂文者，甚至欲将杂文从百花园中斩草除根，所以，杂文往往难以长成大树，多少代都不能像其他文学艺术那般枝繁叶茂。有人说杂文偏激，有人说杂文片面，有人说杂文招惹是非，更有人对杂文产生各种各样的误解。以至于把杂文称为乌鸦，恨不得把一切不祥之物都推到杂文身上。

杂文，曾为作者"惹"下多少祸根，有人曾因杂文葬送自己的大好前途，多少代杂文人曾为自己带来难以洗清的污秽。

然而，实践证明，杂文确能为民众造福，世世代代多少志士仁人，曾为杂文洗刷了一切不实之词，它为人们启蒙，越来越受人们欢迎。

四

本书作者共计三百八十位，分当代、现代、历代。

我们试图把1915年《新青年》"随想录"诞生前的杂文划为历代，1915年到1949年划为现代，从1949年到当今划为当代。

1915年"随想录"之前称之为杂文，主要是根据作品性质、特点，而不是按刘勰在《文心雕龙》所谈的"杂文"。

当代作家选五十位，每人一部杂文，五十篇左右。另有合集十部，每部二十几位作家，共二百多位作家，四百多篇作品；现代作家二十位，每位五十篇杂文，七万多字，另有四十多位杂文作家，十部合集；最后选七十多位历代杂文作家，均为合集，每篇作品都有注解、题解、古文今译。

当代五十位杂文作家大体是根据五点遴选的。

一、杂文创作时间超过二十年；二、曾创作有影响的杂文作品在三十篇以上；三、曾创作经典性杂文作品；四、作品强调思想倾向的同时，艺术性也不为之忽视；五、曾在国内组织带领作家创作杂文卓有成就者。

二十多年来，我曾在助手们协助下选编各种版本杂文集五十余部，选编如此大型杂文丛书，对我是一种尝试，深知其难度。这部《中国杂文》(百部)整整花费我四年时间。杂文作品浩如烟海，读数百册杂文集、数百万篇杂文作品，难免挂一漏万，特别是这部大型丛书在国内尚无参照系，错讹在所难免，恭请诸位指正。

选编者 2012 年 11 月 10 日
于长春杂文选刊杂志社

旧文新抄(自序)

吴 昊

1988 年以后，我出版了几本杂文集，各集都或有前言，或后记，或前言后记都有。今天这个选本，编辑要我写一千字以内的前言，我翻了翻过去的东西，确无新话可说，且抄几段旧文，代前言。

杂文的文字，有时让人感到既冷漠又尖刻，杂文作者的性格，有时让人感到无情。然而冷和热是通着的，无情的那一面是热烈和深沉。杂文像一团火，杂文作者奉献给读者的是一颗火热的心。

——《求全集》后记,1988 年中国新闻出版社出版

搔痒的手，有时颇狠，有时也要见血的。得脚气的人都知道，痒起来，恨不得用刀把脚指头剁下来才痛快。因此，搔起来，常常是两手抱着脚，几个指头同时用力，不仅见血，有时还能见骨头……搔痒搔到这种程度，对自己，无话说，对别人，就得担点儿风险了。因为只要见了血，究竟是搔痒济人，还是搔痒害人，往往很难说得清楚。

——《搔痒集》后记,1988 年江苏文艺出版社出版

"一唱雄鸡天下白。"不仅是对雄鸡司晨的颂扬，也表现了诗人的博大胸襟和宏伟气魄。本人这只鸡(我属鸡)不敢有此奢想，既不能唱白天下，又写不出使天下白的文字，比起杂文界的大家高手，我不过是零打碎敲、小打小闹而已。

——《司晨集》后记，1990年春风文艺出版社出版

明末清初的大才子李渔(笠翁)，一生著作颇丰，他曾这样表述过自己著书立说的心情："我无尚论才，性则同姜桂。不平时一鸣，代吐九原气，鸡无非时声，犬遇盗者吠。我亦同鸡犬，吠鸣皆有为。知我或罪我，悉听时人啄。"尽管李渔先生离我们已经很远，但对他的这几句话却不敢忘。我的书里是什么声音？鸣，还是吠？不敢自估，不过可以坦诚地说，都是"有为"而发，不敢无病呻吟，更不敢信口开河。

——《吴昊杂文集》前言，1993年黄河出版社出版

对于那些常被正人君子们说三道四、评头品足、飞短流长、唧唧喳喳、挤眉弄眼，甚至冷嘲热讽、小鞋系带、打入另册，甚至被不断"运动运动"的某些杂文作者来说，到了台下，无遗是一种摆脱和解放。"离退休老同志了，还能怎么样呢？"对于总是看着你不顺眼的人来说，离开了他的眼皮子底下，岂不是他也心静，你也心静？对于总是嫌

你多嘴多舌的人来说,离开了,减少了对他的"分贝干扰",岂不是他也太平,你也太平?到了台下,不必再考虑评比的事情,不必再为晋级担心,不必关心空下来的位子,心里只要记着不违纪、不犯法就行了。少了几个框框,摆脱了几道羁绊,告别了几个婆婆,"台下也哥"!好就好在此,妙也就妙在此!

——《台上台下》,1997年北京出版社出版

我自己多少有点儿自知之明:文章写不短,理又说不透,一知半解,还常常出错。出过的书,估计读的人不会多;有人读了,若有所获,也是人家自己再思考的结果。有我书的人,请随便处理吧。

——《台下文存》2006年光明日报出版社出版

目录

应 声 虫

　　宋人吴曾的《能改斋漫录》，有一条关于应声虫的记载，是从陈正敏的《遁斋闲览》里转录的，读来饶有兴味，特录如下：

　　杨勔中年得异疾，每发言应答，腹中有小虫效之。数年间，其声寝大。有道士见而惊曰："此应声虫也，久不治，延及妻子。宜读《本草》，遇虫不应者，当取服之。"勔如言，读至雷丸，虫忽无声。乃顿饵数粒，遂愈。正敏其后至长汀，遇一丐者，亦有是疾，环而观者甚众。因教之使服雷丸，丐者谢曰："某贫，无他技，所以求衣食于人者，唯藉此耳。"

　　唐人张鷟的《朝野佥载》里，也有类似的记载。

　　这条笔记，告诉我们如下几点意思：应声虫是寄生虫，"久不治，延及妻子"，危险得很；应声虫并非凡声皆应，于己不利者不应，伤己性命者更不应；与应声虫相依为命的人，并不想驱虫，他们常常是拒"雷丸"而不用。

人体里是否真的有应声虫，雷丸对应声虫是否真有神效，未考，故不敢妄谈。唐人、宋人的笔记里辑录神异怪诞之事，大都是借题发挥。或裁量人物，或抨击时弊，表达作者的喜怒爱憎。你看，这人体里的应声虫和人世间的应声虫何其相似乃尔！作者状物写情，把生活中那些随声附和、阿谀逢承、溜须拍马之徒的肖像不是刻画得入木三分吗？

不过，话又说回来，迄今为止，还没有听到过哪个人说作应声虫是光荣的，包括那些"应"得很标准的人。那为什么应声虫不能绝迹、灭种呢？原因恐怕很多。比如说吧，封建社会在中国绵延几千年，封建的宗法思想、皇权思想、神权思想盘根错节，根深蒂固。那时不论是有所作为的"千秋英主"，还是昏庸透顶的亡国之君，无例外地都把自己吹成是智慧超人，都需要臣子臣民当自己的应声虫。唐太宗在历史上有"从谏如流"的美名，他和魏征的关系，更是脍炙人口的千古佳话。但他几次发怒，要"杀此田舍翁"，原因还不是魏征犯颜直谏，不当应声虫吗？在那样的年代，像魏征这样的谏臣又有几个呢？唐太宗身边不是也有一批应声虫吗？有一次，唐太宗看着一棵大树说"此嘉树"，宇文士及马上附和："美之不容。"太宗正色曰："魏征常劝我远佞人，我不悟佞人为谁？意常疑汝而未明，今日果然。"这位皇帝看出了宇文士及是条"应声虫"，结果又怎么样呢？宇文士及说："南衙群官，面折廷争陛下尝不得举首，今臣幸在左右，若不少有顺从，陛下虽贵为天子，复何聊乎？"宇文士及不仅承认自己是应声虫，而且指出皇帝需要应声虫的"道理"。太宗听了，"帝意复解"，君臣如初。"从谏如流"的唐太宗尚且如此，其他昏愦不堪之辈，就可想而知了。官僚、士大夫以及豪门地主豢养的清客相公，大多是地地道道的应声虫，曹雪芹在《红楼梦》第十七回《大观园试才题对额》中，对这伙人的奴颜媚骨做过淋漓尽致、惟妙惟肖的刻画，它同吴曾的这段文字有异曲同工之妙。

皇帝赶走了，帝制早为共和所取代，但封建思想的流毒远远没有肃清。林彪、"四人帮"一方面实行封建法西斯专政，一方面诱以官、禄、德，"恩威"并用，也制造了一批应声虫。有人靠这飞黄腾达，扶摇直上。打倒了"四人帮"，特别是三中全会以后，党中央拨乱反正，提出实践是检验真理的唯一标准，应声虫已不那么香了。但是，应当看到，我国社会的民主制度很不完善。长时期内，在加强统一领导、一元化领导的口号下，不适当地把一切权力集中于党委，党委的权力又集中于一把手。一些领导同志的家长作风、一言堂、唯我独尊的现象，无不与此有关。一些心术不正的人正是利用这种条件，抬轿子，吹喇叭，随声附和，达到向上爬的目的。至于群众疾苦，党的事业的成败，一概可以置之不顾。一个领导者处在这种人的包围之中倘不自觉，实在危险得很。长此以往，必定脱离群众，犯严重错误。子思曾批评卫侯"言计是非，而群臣和者如出一口"，是亡国之兆。卫侯不以为然，结果被赵国所灭。可见，切不可低估了应声虫的腐蚀作用。

应当感谢那位善于思考的道士，是他让应声虫病患者读《本草》，才发现了雷丸。雷丸是否真的神效，建议被"应声虫"包围者，不妨试一试看。十年动乱期间，不少领导干部受到诬陷迫害，有些就是来自昔日身边的"应声虫"。与其让应声虫日后咬人，不如早服雷丸，相依为命是靠不住的！

【原载 1981 年 1 月 1 日《北京日报》】

文章卖钱与文人良心

　　"以文为生"——拿文章去卖钱，按理说不是什么下贱的事。文人者，写写画画之外，没有其他本事，不许卖文，岂不断了生路。与其像孔乙己那样，穷得去偷、去乞，还不如卖文、卖字、卖画。然而世俗的观点，又以文人卖文为齿冷，所以中国的读书人历来信守"学而优则仕"，好像当官之外，再没有出路。近代中国科学的不发达和伟大的文艺作品极少产生（比不上文艺复兴时期的欧洲，更比不了在批判现实主义狂潮中的俄国）与知识分子都去勾心斗角、抢着做官很有关系。

　　"文革"期间把稿费革掉，卖文的路子彻底堵死。按照"斗私批修"的逻辑，只有断了"私"字，才能树立"公"字；只有树立"公"字，才能避开"修"字。只不过那个时候的文人良心好像是大大地坏了，除了打"笔墨派仗"，就是制造"假、大、空"的一文不值的文章，没有使文人的精神境界得到升华，相反倒是出了不少大大小小的"黑笔杆子"。

在恢复稿费这一点上，也算经过了拨乱反正，现在好像没有哪一家报纸、杂志或出版单位不发稿费。但也只是到此为止，写文章的人只能说拿多少稿酬，绝对不敢说拿着文章去卖钱，尽管私下里计较那一家出版社千字若干元，那一家报刊"太损"——一篇杂文只给十元——不足一只烧鸡——下次不再给它写——但这话绝对不肯说出口，更不敢打上门去争。文人知道，文章可以换钱，实实在在地享受着换钱的实惠，但就是不肯说破，这种"文明交易"只有在文人——这个特殊的"君子国"里才有。

文人不苟言钱，自命清高，原因之一，好像一染此铜臭就会大大地坏了良心。

其实，事情未必如此。据说在国外，越是大手笔的作品要价越高，越是重大的题材要价越高。有时几个出版单位和同一作者订合同，谁出的钱多，作者就和谁签约，金钱的砝码和良心的砝码好像是成正比例的。倒是那些三流四流或不入流的作者，良心只值一杯酸奶或一块蛋糕的文人，才没人愿意买他们的文章。

古代文人对于"以文卖钱"历来有不同看法，持不同态度。从后人的评价看，并没有因为谁赚了钱而影响"评委亮分"。汉武帝做太子时娶了长公主的女儿阿娇，以后他当了皇帝，阿娇失宠，被禁锢"长门宫"。阿娇请当时的大文人司马相如写赋，内有"悬明月以自照兮，徂清夜于洞房"，呈武帝阅，武帝感悟，"皇后复得再幸"，阿娇给司马相如"黄金百斤"作酬，司马相如并未因此在人格上受损。"文起八代之衰"、才华横溢的唐代韩愈，一生多次为人家写墓志铭，赚了许多钱，而且有些对死者的好话说过了头，被后人称为"谀墓"，"一字之价，辇金如山"，人们对韩愈的敛钱之道是看不起的，但也并没有影响韩愈在文学史上的地位。二十世纪三十年代有些和鲁迅干仗又干不过先生的人，骂先生写文章捞稿费，无损先生一毫，先生就是以卖文为生的。挣稿费者并非贱民，清代才人、扬州八怪之一的郑板桥，在山东潍县做官后，回到老家以卖字画为生，他曾很明确地为自己写过一个"稿费条例"：

大幅六两，中幅四两，小幅二两，书条、对联一两，扇子、斗方五钱。凡送礼物食物，总不如白银为妙……

这一年板桥六十七岁，又过了一年他在"自叙"中说："诗文字画每为人爱，求索无休时，略不遂意，则怫然而去。"板桥的"稿费条例"大概是被这些"伸手派"逼出来的。显然，后世也没有因为板桥爱财而影响对其"诗文字画"的评价，相反，板桥的"稿费条例"，二百年来一直脍炙人口，成为文学艺术史上的美谈。

文人卖文章又卖良心的，有，只卖良心不卖文章的，有，卖文章而不卖良心的，也有，三者并非等同。过去人们把它们的关系弄错了，因此才产生了不少误会，才把卖文与卖心等同。

1988 年 2 月

马胜利同志要小心

看了这个题目，读者一定觉得奇怪："中国马胜利造纸企业集团"刚刚成立，马胜利要承包一百个企业的宏图大略刚刚开始，报纸、广播、电视对马胜利的宣传报道红红火火，在这种情况下，你不拾柴加温，却站在旁边冷冷地说什么"要小心"，岂不是给马胜利同志泼冷水吗？

诸君莫急，本人如是说，自有如是理。

马胜利承包石家庄造纸厂，这几年确实取得了成绩。他作为一个企业家确有许多长处。但石家庄造纸厂毕竟是石家庄市的一个企业，在中国地图上，只是一个点，承包一百个企业，分布全国，由一点变成一片，在目前通讯联络、信息传递十分落后的情况下，在各种不正之风的干扰下，这分布在各地的企业如何形成合力？如果仅仅是用马胜利的思想和方法治厂，那么买一本写马胜利的书不就行了吗？如果是经济实体，荣辱与共，命运相关，可就不那么简单了。《礼记》说："口惠而实不至，怨灾及其身。"如果马胜利不能给这些微利和亏损企业以实惠，人们就会离开马胜利。对马胜利，我没有采访过，但从电视上看，他也是一个普通的人，不是神，绝对不能靠吹一口仙气，而呈现出奇幻莫测的景观。对于"一包就灵"那样的话，我历来是持怀疑态度的。两千多年前孟夫子说："掘井九仞而不及泉，犹为弃井也。"不管承包多少企业，重要的是包一个成一个，"井井见水"，不能像过去那样，为了凑足统计表上的打井数量，就在地球上到处戳窟窿。

过去的工作中有一个很大的毛病，那就是刮风。有些人好大喜功，喜欢轰轰烈烈，本来对一个地区有价值的经验和做法，却要推广到全国；本来是当个连长蛮合适，却要他去指挥一个师、几个军。一些很好的同志，往往被这种风推到浪尖上以后，呆头呆脑，忘乎所以，最后连自己的老本儿也丢了。这种教训，实在太多了。当然，这里不是说马胜利在刮风，而是说，作为马胜利这样的"走红"人物，一定要知道历史的教训："不受虚言，不听浮术，不采华名，不兴伪事。"（荀子）

说以上是历史教训，也不全对，因为眼下就有这种教训。就在报纸公布"中国马胜利造纸企业集团"成立的前四天，各报都刊载了浙江海盐衬衫厂厂长步鑫生被免职的消息和那篇让人读了很不舒服的通讯——《步鑫生沉浮录》。文章说步鑫生"骄傲自满粗暴专横"，"讳疾忌医"，"信口开河"，"缺乏科学态度"，"违背了经济规律"等等。大家记得，前几年对步鑫生的宣传可不是这个调门。那时的"步鑫生热"比现在的"马胜利热"还热乎。现在说海盐衬衫厂上西装生产线是步鑫生的决策失误，当时可是说步鑫生面向国际市场，上西装是适应时代潮流，是创立全国服装托拉斯的开端；现在说步鑫生出门坐小汽车、坐飞机、住高级宾馆是好大喜功、挥霍浪费，那时可是说步鑫生坐飞机表示了企业家追求快节奏，步鑫生到北京住长城饭店，一夜四百元，表现了企业家的气魄和胆识……写文章的人今天这样说，明天那样说，"胜者为王，败者为寇"，怎么说都行，做实际工作的，干事业的，可就苦了。我对步鑫生亦不了解，也不反对步鑫生被免职，我只是想："既有今日，何必当初！"

马胜利在河北，步鑫生在浙江，相距甚远，也许不应把两个人放在一起谈论。不过步鑫生的教训确实值得所有的改革者深思。

写到这里，一定要表白一下，我决不反对马胜利的事业，而只是希望他小心些。我们过铁路的时候不是常常看"小心"二字和那个大大的"！"吗？过铁路被火车撞压的是极个别的，但"小心"二字却人人不可少。

1988 年 2 月

11

倒霉的道光皇帝

　　清东、西二陵，道光前面的五个皇帝墓，都建有"圣德神功"碑楼，到了道光皇帝，碑楼没有了。他的儿子咸丰皇帝为他撰写的碑文刻在神道的阴面。据传清朝有制：凡有失国之尺地寸土者，不得建"圣德神功"碑楼。道光皇帝赶上了鸦片战争，和英国人签订了割地赔款的《南京条约》，丧权辱国，愧对祖宗，"圣德神功"，当然是不能建了。

　　道光皇帝为此大伤脑筋，祖宗的荣誉，到自己身上没有了，委实不是滋味儿。他在谕旨中说："谨案各陵五孔桥南，均有圣德碑亭……在我列祖列宗这功德，自应若是尊崇，昭兹来许。在朕则曷敢上拟鸿规，委称显号，而亦实无称述之处，徒增后人之讥评，朕不敢也。"尽管躲躲闪闪，道光皇帝还是承认自己"实无称述之处"，不配立碑表功。这对于一个自命不凡、至高无上的皇帝来说，能如此"谦虚"，是不简单的。

　　其实，作为一个皇帝，道光如果不谦虚，非

要建"圣德神功"碑，不要说他的谕旨没有人敢
违抗，就是东拉西扯、强词夺理也能搅出几分道
理来。比方说，按照通常的逻辑，对人的评价总
要"一分为二"吧，总要"三七开"、"四六开"
吧，道光一朝并不是没有做过好事，道光本人也
并非窝囊废，他十岁的时候和他的祖父乾隆一起
去承德木兰围场狩猎，单身独骑，驰骋荒野，首
箭便射死了一只正在飞跑的鹿，令所有在场的人
震惊。乾隆见年幼的孙子有这样的本领，十分高
兴，当即赏给花翎。道光七年，他派兵平定了英
国侵略者在天山南麓策动的张格尔叛乱，粉碎了
英国殖民主义者的侵略计划。他的确不像后来的
几个清朝皇帝那样羸弱怯懦，或以酒色自戕。这
些闪光点，如果借助文人的吹捧，多写几篇"回
忆录"，说不定就会起到事半功倍的效果（不管是
在道光之前还是在道光之后，以此事半功倍者，
多的是）。就拿鸦片战争来说，道光也完全可以找
到诿过于人的理由，首先鸦片之祸不是从他开始
的，鸦片进口早在雍正年间（道光太爷爷时代）
就开始了，乾隆三十二年增至一千箱，嘉庆五年
增至四千五百七十箱。祖宗们都解决不了的问题，
为什么非要他来承担责任。而且较之前代几个朝
廷，道光的禁烟态度最坚决，他曾明令林则徐将
吸烟者全部绞杀，他派林则徐去广州禁烟，烧了

洋人两万多箱（一百多万公斤）鸦片，极大地打击了"国际贩毒集团"，不要说贪天之功，就是贪人之功，道光皇帝也可以厚厚地往自己脸上涂一层金粉。就是鸦片战争失败，签订《南京条约》，道光还可以把责任推给琦善、奕山等那群奴才王八蛋，因为是他们一方面嫁祸禁烟派主将林则徐，一方面和英国人议和，卖国求荣。按照"功劳归自己，错误推他人"的惯用逻辑，道光甚至可以把自己打扮成抗御外辱、保卫国家的英雄。一般地说，经过大难而不死的人向后人谈起光荣历史时，总是有些资本的。就像抗战胜利以后，从大后方开过来的国民党军队，开中闭口总是"老子抗战八年"，其实真的在抗战前线英勇作战的战士，活下来的没几个，真正抗八年的，绝对不是那些"老子"不离口的人。

道光皇帝生在一个倒霉的时代，承认自己倒霉，态度比较老实。他在留给儿子的遗诏中说："如有撰述，可于小碑楼阴镌刻。"不像"龙"那样张牙舞爪，又担心后人"讥评"，道光皇帝确有几分可爱处。

1988 年 6 月

三致伯乐

（一）

伯乐老：

久违了！

因为历史上对您说好话的人太多，我这里口出狂言给您提点意见。

我不仅对您的"相马术"表示怀疑，而且对于把您的"相马术"变成"相人术"的那些附庸之辈更加表示怀疑。

人才于事业的重要，不属于您的学科范围，这就不说了。不过人确是世间最宝贵的，"路线确定之后，干部就是决定的因素"，实是至理明言，古今中外，都适用。问题是怎样选拔人才，怎样选拔干部。

归纳起来，古今中外的选才模式不外以下三种：一、"伯乐模式"。二、"考试模式"。三、"民主模式"。现在人认为，后两种模式比第一种好，这是不是很让您很扫兴呢？

"伯乐模式"实际上就是由权威来认定。谁是权威呢？伯乐是权威，谁是伯乐呢？谁有权力谁是伯乐。问题就出在这儿。伯乐老，本来您是个大好人，在相马上，您也确实有两下子，把您的"相马术"真的用来"相人"，也未见得是坏事。但是，您的模式实践起来太难了。一个普通的老百姓，那点本事怎能被社会承认？在一个村子里，连村长都不把您看在眼里，您还能对县、市、省以至中央的干部选拔起作用吗？靠伯乐选人，首先遇到的就是靠谁来选伯乐。如果连伯乐都选不出，这伯乐选人岂不是一句空话？所以在历史上，只有权威的伯乐，没有选伯乐的权威。谁当官，谁就是伯乐，当大官，是大伯乐，当小官，是小伯乐。伯乐的技术职称，也是以官衔的大小来认定的。有些人头上戴着伯乐的桂冠，实在不是因为他有伯乐的本领，而是因为他手中有决定伯乐命运的权利。其次，因为伯乐选才等于权威认定，权威们各有各的需要，各有各的标准，而真正的客观标准是没有的。此地是庸才，彼地是天才；此地是偏才，彼地是全才，这就给投机家们大大提供了方便。

伯乐老，历史已经对您进行了无情的嘲弄，那些视人才如草芥的人，那些宣场读书无用的人，那些主张"知识越多越反动"的人，那些连鹿和马都分不清的人，却都是以伯乐自命的。在"伯乐家族"里，实在分不出谁是真伯乐，谁是假伯乐。

"伯乐模式"的劣根性，决定人们后来要开创"考试模式"和"民主模式"。不过您也不用着急，用后两种模式，彻底代替您的模式，短时间内还做不到，因为您的模式是以强大的权力作后盾的。

汉朝的王符是个明白人，他在《潜夫论》中说，"剑不试则利钝暗，弓不试则劲挠诬，鹰不试则巧拙惑，马不试则良驽疑。"他是主张"试"的。后来到隋、唐实行"考"，说不定就是受了王符的影响。考和试虽然也有走后门的，但是较之像挑选山药蛋那样，凭眼力拨拉，要高明多了。即使像清朝那样写八股文章考秀才，我觉得也比凭伯乐们拍脑瓜要强。

当然，最好还是"民主模式"，是骡子、是马，拉出去遛遛，分个高低，叫群众看得清楚明白，然后再由大家选择。这样即使选出的不是千里马，也是跑在前面的好马，大家信得过的。以"民主模式"代替"伯乐模式"，看来已是大势所趋，人心所向。历史发展到今天，伯乐老，也许您正经应该"拜拜"了。

燕昭王的时候，有个郭隗。昭王欲访求贤者，郭隗给他讲了千金买死马的故事：说从前有个国君，欲用千金买千里马，三年不得。后一使臣以五百金买了一匹死马的头骨回来，国王大怒。侍臣说，君主连死马骨头都肯花重金，千里马一定会来。后不到一年，果然买到三匹千里马。这位国王用心良苦，买了死马头骨才得到活着的千里马。但我以为，转了一个三百六十度的大圈子，得到的尚不知是真货，还是假货，实在划不来。哪如到草原上的马群里去挑选，拿不准，就抽它一鞭子，跑上几天几夜，自然会分出高下的。不过燕昭王绝不肯花这个力气，因此这样的事情只能依靠"民主"来完成。

伯乐一旦与权力合流，就不肯自己把权力让出来，以"民主模式"取而代之是很难的。

1988 年 8 月

（二）

伯乐老：

您相马经验丰富、技术精良，德高望重，您的家里一定门庭若市，求您相马的、马求您相的，一定不少。

　　对您本人的人品如何，晚生不敢妄加春秋，更不敢随意猜想。不过您也是社会中人，社会的时弊，您也是很难免俗的。就像当今社会，盛行拉关系，走后门，离开后门、关系，办不成事。因此，包括那些自封的伯乐，很少有不拉关系、不走后门的。您那个时代的情形，我不甚了解，但肯定也有各种各样的猫儿腻，您本人也不会十分清白。这不完全是根据逻辑推理，而有事实为证：《战国策·燕策》记载，有人要卖一匹骏马，"三旦立市"，没人问津，于是去求您帮忙，"愿子还而视之，去而顾之，臣请献一朝之贾。"您答应了这位卖马人的请求，"还而视之，去而顾之，"结果马价立增十倍，成了"抢手货"。

　　人家请您去看一眼，围着马转一圈，代价是"一朝之贾"，不知这"一朝之贾"是多少大洋？还有没有茅台、万宝路、山货、海鲜之类礼品。反正您是去了。这是您一生中仅有的一次，还是许多次中的一次，不得而知。韩愈在《送温处士序》中有这样几句："伯乐一过，冀北之野，马群遂空。"不知是韩愈的猜想，还是确实如此。如确有其事，您可真发了大财了。冀北之野该有多少马啊！

　　相马尚有外快可捞，相人岂不更不得了？我想您如果真的掌握了相人的权力，又有相人的威望，想要清白也清白不了。旧社会的黑暗，官场的腐败，士大夫的求爵心切，一些人什么招数都使得出来。《官场现形记》里的那个无耻之徒冒得官，把自己的女儿让给上司年统领，第二天还跪在统领大人的面前说："全仗老帅栽培"；年统领说得很干脆："彼此心照就是了"。这种"自认门生"、"仰仗栽培"的偷鸡盗狗之术，本来与伯乐选才的圣教是水火不容的，但事情只要与权力相结合，本来成谋私的手段，有些人就什么怪事都干得出来。明朝天启年间的大太监魏忠贤，一生可谓作恶多端，但是他的"门生"最多，"义子"成群。当时的内阁宰辅称"魏家阁老"，六部九卿、四方督抚都不顾羞耻地拜魏忠贤作父，自称干儿、干孙。有人曾写了《百子演义图》一书，记述魏家"儿孙"们之"盛况空前"。就是这样一个怪物，竟成了当时的"大伯乐"，不少封疆大吏、巡抚大臣以至皇上跟前的亲随侍卫都请求为他建生祠，说他"心勤体国、念切恤民"，"欣欣相告，戴德无穷"，皇帝竟批准了这一请求，于是天下纷纷为魏阉建祠。可想而知，您的事业，由相马变成相人后，还能是那么神圣，那么清白吗？您的坟前肯定不是一片净土了。

旧社会官场弊病之多，真正有为之士不能上进，利禄小人却蝇营以取。结果，昏聩糊涂，卑鄙龌龊，到达极点；贪赃枉法，腐败堕落，不堪叙述，这与当时选拔人才的制度不合理、各种"伯乐"营私弄权是分不开的。当然，我这里决没有把您和魏阉等同之意，真正热爱事业，不搞歪门邪道的伯乐也是有的。

伯乐相马，您本人沾了多少光，已说不清楚，但您的后辈儿孙肯定是沾了大光了。就以选拔人才来说，有权画"○"的，有些人先照顾自己的子女，出国提干增薪入党，朝中有人与朝中无人大不一样。您有画"○"的权力，那位叔叔也有画"○"的权力，你们一"交换"，孩子的事就办成了。宋朝的杨家将，人们都说是"一门忠烈"，我看也有不可取之处，怎么老令公一人当了武将，一家人都成了武将，连女儿、媳妇、丫头都带起兵来了，这当中一定有一些不正之风。在战争中，是北国兵太厉害了，杨家父子才死的死、亡的亡，如果不是这样，他们一家男女老少都当太平官，他们杨家岂不要大发了吗？

今天，我们国家发生了翻天覆地的变化，在育人、用人、选人上都建立了一整套先进制度，只靠伯乐画"○"的作法正在改变。我们正在实行由"伯乐模式"到"民主模式"的过渡，尽管目前在"人才学"领域里还有些乱七八糟的事情，但与旧社会比，是不可同日而语的。而一旦"民主模式"普遍实行起来，用人领域里的不正之风就可能得到真正解决。到那时，伯乐老，您的坟前就真的干净多了。

1988 年 10 月

（三）

伯乐老：

您是相马的专业人才，对您的工作动机和工作目的，历来很少有人怀疑。"伯乐者，相千里马之大才也。"然而我觉得这是最值得研究的问题。

刘邦没有念过多少书，说起话来不怎么拐弯抹角。有一次他对手下的大将们说，追杀野兽的是狗，指示野兽藏身之所的才是人；所以身为大将的只是有功的狗而已。后来韩信在未央宫被杀，而在被杀之前已有"狡兔死，走狗烹"之句，说明他早已清楚了自己的身份。旧时任何统治者对他的谋臣、术士、武将、文官，都是这样看的，只不过刘邦说得更直截了当罢了。

据说周穆王某次出国后，家里发生政变，于是他拼命往回赶。多亏他乘的是千里马拉的车，赶车的又是著名驭手造父，这才及时返回国都，平息了叛乱。造父于是被封官受赏。千里马给点什么优厚待遇，没有讲，估计不过是加草、加料、夸一声"好马"而已。下次有任务，再作千里之奔！

马就是马，良马也好，驽马也好，神驹也好，凡马也好，都是马，都是马的身份，马的地位。马的用处，在主人的眼里，都是"我的马"。就连赶车的驭手造父，也不过是周穆王的奴仆，千里马不过是奴仆的奴仆，叫往东不敢往西，叫拉车不敢耕地，连半点自主意识和自主权利也没有。

伯乐老：这大概就是您意想不到的悲剧，您相千里马，并不是选拔驾驭生活的主人，而是选拔受人驱使的奴隶；这一点，长期以来，就连"千里马"自己也没有意识到。

如果说，新旧社会有什么不同，首先就是这主人和奴隶的不同，我们的时代，尤其是在改革开放的今天，需要大批腾云而来、驾雾而去的千里马。但我们所需要的是主宰生活的主人，他们的价值，不仅要有千里马的蹄腿，还要有千里马的脑袋。没有主宰意识的千里马，不是我们这个时代所需要的！

千里马要主宰时代的命运，先要主宰自己的命运。如果连自己的命运都决定不了，只能任人驱使，那是违反时代的精神的。然而不幸的是，不仅时至今天还有许多千里马对此不觉悟，而且还有人不愿意千里马觉悟。他们习惯了过去那种人马依附的关系。在他们看来，什么千里马不千里马，都不过是我棋盘上的一粒子儿。

三国时，曹操堪称一代枭雄，但他的儿孙中也有一些窝囊废，只做了五年皇帝的曹髦就是一个。受人指使前去杀害曹髦的成济、成倅则是一对典型的功狗。当时司马氏已经控制了曹魏政权，但司马昭对曹髦的存在终是不放心，便指使贾充带人去杀他，成济、成倅率先突入宫廷。《三国演义》里是这样写的：

禁兵见了曹髦，皆不敢动。贾充呼成济曰："司马公养你何用？正为今日事也！"济乃绰戟在手，回顾充曰："当杀耶？当缚耶？"充曰："司马公有令：只要死的。"成济挺戟直奔辇前。髦大喝曰："匹夫敢无礼呼！"言未讫，被成济一戟刺中前胸，撞下辇来；再一戟，刃从背上透出，死于辇旁。

司马昭把皇帝杀掉了。当时还不是改朝换代的时候，他怕天下说他大逆不道，于是和群臣们商量惩办凶手。有人提出拿贾充是问，以谢天下；司马昭想到贾充以后还有用处，于是提出：成济大逆不道，可剐之，灭其三族。"《三国演义》接下来写道：

济大骂昭曰："非我之罪，是贾充传汝之命！"召令先割其舌，后杀之。弟倅亦斩于市，尽灭三族。

曹髦确是被成济杀的，但指使成济作此不义之事的又确是贾充，指使贾充的又确是他们共同的主人司马昭。受人指使，又被指使者斩杀，这就是成济的下场——一切功狗的下场。可怜的是，成济至死也没有弄明白，自己为什么落个如此下场！像成济这样的"千里马"，显然不是八十年代所需要的。伯乐老，您一生只知相马，不知道马应当有什么样的意识，也不研究马与马、马与人、人与马应是什么关系，这真是您的不幸。清朝孙原湘在项羽墓前曾这样写道："七十战才余寸土，八千人恨不同丘。"看来，不知为谁而战、为谁而死者，古今大有人在。

1988 年 11 月
【选自吴昊著《谁说夫子不风流》北京出版社2003 年版】

和包大人商量

　　包文正大人是宋朝的清官，他的故事，民间流传甚多。我小的时候，听大人说，他有三口铡刀，是皇上赐的。龙头铡是给龙子龙孙准备的，虎头铡是给各级政府官员专用的，狗头铡是制裁黎民百姓的。有了这三口铡刀，上至龙庭，下至百姓，只要犯了王法，都逃不脱包大人铁面无私的判决。最典型的案例，当然就是铡陈世美，铡包勉，铡潘洪。看这些戏，真带劲儿，尤其是看裘盛戎的《铡美案》，每当包公唱到时"状纸压在我的大堂上"那铿锵有力、气壮寰宇的声音，总能得到满堂喝彩，观众的掌声似乎不是鼓给演员的，而是鼓给当年那位开封府的包大人的。

　　靠三口铡刀，治出一个清平世界，多年来，本人对此深信不疑。只是近年来接触了一点儿社会主义民主与法治的理论，对我国的民主建设进行了一点儿思考，听了一点儿西方国家的民主建设情况，才对包大人的铡刀产生了一些疑点。

　　首先就是，包大人有没有必要拥有三口铡刀？

按照现在的认识水平，起码那制裁百姓的狗头铡是不必要的。旧社会，从中央到地方，设部，设省，设府，设州，设县，设乡，设保，设甲，层层官吏都是管百姓们的，都对百姓有绝对的权力。"狗男女"们即使有些许越轨行为，也绝逃不脱官吏们的制裁。古往今来，百姓犯法，漏掉的没有几个，倒是冤假错案太多了。包大人完全没有必要管得这么宽，更没有必要在狗头铡上分散精力。因此，本人不揣冒昧，建议包大人干脆把狗头铡给宋天子还回去。

　　包大人在宋朝除了做过江宁、开封的知府以外，主要是在中央工作，他先后当过监察御史、龙图阁直学士、枢密副使等，基本上可以说，他不是个直接管民的官，而是管官的官。按照当时的规定，监察御史的职责是："分察百僚，巡按郡县，纠视刑狱，督肃朝仪。"就像现在中央派出的财经纪律检查团，主要是检查地方政府执行财经纪律的情况，惩治贪官污吏，而不直接和百姓们打交道。鉴于监察御史的这种职责，应该说，虎头铡最是有用，只要制裁了赃官，百姓的事情，自有人管。

　　中国封建社会，权力机构一直是比较健全的。吏如星网，密而不漏。而且凡是当了官的人，对权力的使用，几乎都是无师自通，十分权力用十分就是地地道道的好官，大多数人都是超级运用，不该管的事要管，不该拿的钱要拿，不该画的圈要画，不该去的地方要去。只是历代王朝对于权力的抑制机制是惊人地薄弱，人们只研究做官的学问，不研究抑制官员权力的学问，因此才使得各个朝代都是赃官多于清官。包大人的虎头铡是专为各级官吏准备的，如果贪官污吏们见了虎头铡就打哆嗦，那就应该充分发挥虎头铡的作用。惩办贪官污吏，是包大人的主要职责。

所以和包大人商量，要他把狗头铡上交，强化虎头铡，也是考虑了今天的情况。不知包大人以为如何？

1988 年 11 月 16 日

再和包大人商量

　　我前几天写了《和包大人商量》。文中提到要强化虎头铡，取消狗头铡，尚不知包大人是否同意？现在又有另一问题，再和包大人商量。

　　龙头铡按其本来意思，是给龙子龙孙们准备的。这当然必要。但是，龙头铡如何名实相副，真起作用呢，有两个问题必须面对：一、皇上"护犊子"，怎么办？铡刀是他赐的，他可以予，也可以夺，一旦皇上老儿翻脸变卦，龙头铡岂不要被他收回去？二、龙头铡只对付龙子龙孙，假如皇上自己不守国法，倒行逆施，降灾于民，怎么办？龙头铡对皇上也能起作用吗？如果不能，龙头铡就是虚设的，就是做样子，充好看，就是皇上为了显示自己宽容大度、无私无畏而玩儿的手段，是欺骗人民群众的。据说也是在宋朝，佘太君曾得到皇上赐给的龙头拐杖，这个拐杖"上管臣，下管民，皇上有不是也管三分"。实际上，佘太君的拐杖是摆设，不用说管君管臣，就连她自家的安危也管不了。

权力越大，抑制越难；拥有绝对的权力，就绝对地无法抑制。历代皆如此。皇上又称"天子"，是天的儿子，地上没有任何人、任何力量能管他。因此，我才不揣冒昧地和包大人商量，强化他的龙头铡，使他的这口铡刀不仅可以惩治龙子龙孙，而且能惩治皇帝。不知包大人有没有这个勇气和信心？比如说，当皇帝老儿有不轨行为时，一种超然的力量把皇帝的脖子推在铡刀之下，不知包大人这时有没有向王朝马汉发出"开铡"命令的勇气？如果包大人怕因此丢了乌纱帽，那这件事情就白商量了。

最后，还有包大人自己的问题，也该同包大人商量一下。包大人的三口铡刀都是对付别人的，包大人自己的权力由谁来抑制？包大人犯了错误谁来管？也许有人会说，包大人是堂堂正正的清官，他不会有问题的。这种说法，虽然不是完全没有道理，但毕竟缺乏保险系数。比如说，包大人年轻时很公正，很清廉，老了，犯糊涂了，怎么办？比如说，包大人年轻时创业心切，勤勤恳恳，明断速决，老了，有老本儿可吃了，什么都自以为是，一说话就是"想当年老子如何如何"，怎么办？比如说，包大人年轻时关系户少，老了，关系多了，他还能像当年对待包勉那样对待自己的公子、小姐吗？能对七大姑、八大姨们开铡吗？

总之，包大人是个好官，但也是个活生生的人，他如果真的变了，谁来管他？还有，有朝一日，包大人去阎王或上帝那里报到了，这三口铡刀交给谁？谁是包大人的接班人？这个问题，不知包大人想过没有？

1988 年 11 月 28 日

某

　　某年，某月，某日，某公读报，作如下摘记：

　　南方某城市的几个大企业准备搞一次"东海潮"文艺晚会，拟从北京邀请十名知名度较高的声乐、曲艺、电影演员参加演出……找到某女高音歌唱家时，她提出：若在剧场演，每场要七百元；若在体育馆演，每场要一千元。找到某电影演员时，此人以不容回驳的口吻说：演出必须先付两万，有钱我就去演，不先给钱我可不去；某男高音歌唱家提出要一万二；某相声演员要一万五；某音乐大师要一万八。

　　长江中下游某市，与外国某市结为姊妹城市。于是，上至市长、常委，下至局长、厂长纷纷出国访问，搞回彩电、冰箱……今年这个市又要与另一个国家的某市结为姊妹城市了。

　　有五千多名职工的某机械厂，一天厂长突然接到某税务所所长的函："罚你厂×万元。"摸不着头脑的厂领导赶紧登门拜望，人家也说得明白：有一次你厂搞活动，所长大驾光临，厂长竟未

"热情迎送"，慢怠了。有啥补救办法？厂里只好竭尽所能，先邀请所长去北戴河免费消夏，再去昆明免费观光。

以上都是报上发表的。

气得某公将笔一摔，不禁慨然叹曰："某！怎么到处都是某？"于是翻开《辞海》，遗憾，这洋洋大典，"某"的解释竟如此简单："指人、地、事、物而不明言其名的用词。"这"不明言其名"的原因是什么呢？没有。

于是，某公又愤然拿起笔，为"某"字作释曰：

某，隐词，托词，蒙面词，障眼词，泛指词，中性词，马虎词，难得糊涂词，难得明白词；某，比泥鳅还滑，比河光石还光，比皮球还圆；某，看得见，听得着，说得出，捉不住，逮不着；某，令好人为之啼笑皆非，坏人为之额手称庆；某，令公安局头疼，检察院皱眉，法院没法；说起来时，处处是问题，伸手一抓，连根毛也抓不住。有某字作祟，什么透明度，民主性，参政议政，做国家的主人，当人民的公仆，行公民的义务，全成了海市蜃楼；新闻工作威信扫地，让读者信而又疑，疑而不信，此某，彼某，你某，他某，说不定是某编辑坐在某办公室里"某"出来的。世界上只有官僚主义者和"某"情投意洽。某，即使某人对号入座，又使某人对号不入座，"你言某，与某有关，于是逃之夭夭"，"他言某，与某无关，何必自讨苦吃"。某，成全了你，成全了我，成全了他，大家"哈哈哈"。

1988 年 11 月

怒发冲冠骂萧何

周信芳先生的《追韩信》，是出好戏。戏中唱道：

……我萧何闻此言雷轰头顶，顾不得这山又高，这水又深，山高水又深，路途遥远，我忍饥挨饿来寻将军……

萧何在舞台上边跑边唱，如诉如泣，如怨如痴，那一片求才之心，确是感人肺腑。不过，我一直不喜欢这出戏，不是因为周先生的功夫不到家，也不是因为刘邦的"唯成分论"的干部政策让人恶心，而是想到萧何后来大业成功之后，置韩信于死地的做法，实在不值得为其歌功颂德。

世人多有被萧何蒙骗了的。有的人想到自己怀才不遇，有本事无处可施展，常叹身边无萧何，有的人议论起人才之重要，伯乐之可贵，也要对萧何夸几句。其实，大家都上了萧何的当！

"成也萧何，败也萧何"，韩信被萧何追回去以后，受到刘邦的重用，"与高祖起汉中，定三秦，遂分兵以北，取代，仆赵，胁燕，东击齐而有之，南灭楚垓下，汉之所以得天下，大抵皆信之功也"。韩信为了刘汉江山，立下了汗马功劳。萧何的举荐之功是有目睹的。然而到了汉的基业既定，刘邦坐了皇帝，则翻脸不认人，对握有重兵的韩信，一日不除，心里一日不安，萧何就是在这个时候，为吕后出谋划策，骗韩信至京城，斩韩信于长乐宫。

既有今日，何必当初？既有当初，何必今日？

萧何太阴损了！

可以共同打天下，不可以共同坐天下，本是历代王朝的通病。打天下的时候，总是希望人越多越好，而到了坐天下的时候，则对当年的创业英雄产生怀疑，以致一个一个地下毒手，刘邦是如此，宋太祖是如此，朱元璋是如此，就连李自成打进北京以后，也是如此。无产阶级革命不同于历代的农民起义，也不同于统治阶级内部的改朝换代，然而到了"文化大革命"的时候，开国的元勋、战争年代的功臣也是一个个被"打翻在地"，不少人惨死在"群众专政"的皮鞭之下，含恨于无产阶级自己的铁窗之中。正是因为十几年前目睹了这样一场大悲剧，所以越发觉得萧何之可恶。在我们的生活中，确也不乏萧何之类的人物，他们看你还有用的时候，极力地抬举你，让你效死力，而当他或他的主子认为你已无用，或已成为他们的障碍时，就对你下毒手，其心肠之狠，是常人难以想象的。

想当年，萧何月下追韩信，若韩信不听萧何的，可能会有三种结果：一、投奔项羽，帮项羽打刘邦，成为项羽的开国功臣；二、独树一帜，挑大旗，称王称霸，凭着他的韬略和才干，说不定中国历史会出现"三国"之前的另一个三足鼎立的局面；三、韩信自愧无能，回到家去种田抱孩子，当个逆来顺受的老百姓。这三种可能，哪一种都比跟着刘邦——"卸磨杀驴"的结果好。韩信可谓"误听萧何一言，遂成千古之恨"！

远在刘邦把韩信之辈看成"功狗"的时候，即已视萧何为"功人"，说不定萧刘之间是早有某种默契的。因此萧何才为了刘汉的事业，绝朋友，绝交情，绝道义。这种人，无论是处朋友，共事业，拜"哥们儿"，都只能共苦，不能同甘。每个人都应该看看左右，有没有萧何之类的人物，小心被他们出卖了。

当然，韩信也有他自己的不是。但作为萧何来讲，对韩信先"成"后"败"，用英雄一生，毁英雄一旦，实在是属于背信弃义、寡廉鲜耻、落井下石，对这样的人，难道不应痛骂一番？难道还要继续重复"狡兔死，走狗烹"的悲剧吗？

1988 年 12 月 7 日

实话难说

世界上什么话最难说？实话。

世界上什么话最好说？假话。

说来真怪！实话不就是看到什么说什么，听到什么说什么，想到什么说什么，圆的就是圆的，方的就是方的，好的就是好的，坏的就是坏的，香的就是香的，臭的就是臭的，有什么难说呢？有什么不好说呢？

人，大凡都是先学说实话，后学说假话的。小孩子咿呀学语，猫呀、狗呀，"猫捉老鼠，老鼠藏"呀，都是真的。而一旦学会了说假话，再说真话就难了。北京人，若甲、乙双方为某件事争吵不休，需要有人作证的时候，常说："问问在场的小孩子，小孩子说实话。"其实小孩子未必比大人看得真切，大人未必看得不真切，所以要问小孩子，就是因为小孩子还没有学会说假话。

人说假话是学来的吗？一定有人持否定的态度。倒也是，迄今为止，世界上还没有专教说假话的学校，没有专教说假话的教授，也没有愿意自己的孩子说假话的父母。妻子反对丈夫说假话，丈夫反对妻子说假话，朋友之间，上下级之间，以及中国人和外国人之间，没有人不反对说假话。

按照马克思主义的解释，语言是思想的直接现实，思想是客观事物在头脑中的反映。实话实说，顺理成章，而说假话，要离开现实或违背现实，进行编造，还要编造得有理，认人相信，这样的本领，不学，又怎么能会得了呢？

事情，就是这样怪！人，就是这样怪！没有人承认自己是专门教别人说假话的，也没有人承认自己是专门学说假话的，而假话又人人在说，天天在说，且水平越来越高，学问越来越大。世界上没有任何一件事情，能像说假话那样，在众口如一的反对声中，一世又一世地传了下来，也没有任何一件事情比说假话还容易，以致人人都可以达到无师自通的地步。

从我们的老祖宗算起，研究说话的人太多了。如果有人汇集《古今说话学》，说不定比《资治通鉴》还要浩繁。

春秋战国时代，百家争鸣，"以言治罪"的情况较少。后来，经过实践，人们才懂得了"病从口入，祸从口出"。因此，谨言慎行的说教才多了起来。"乱世之所生也，则言语以为阶"（《周易·系辞上》），好家伙，世道之所以乱，就是因为人们乱说话造成的。于是孔老夫子说，"无多言，多言多败"，"子不语：怪、力、乱、神"。在《孔子家语》中还有这样的记载：在太祖后稷之庙，庙堂右阶之前立有金人（铜人），这个金人的嘴上贴了三道封条，金人的背后刻着："此古之慎言人也。"为了达到"慎言"悦人的目的，嘴巴上要贴三道封条，这就是古人的说话样板。善于写寓言故事的庄子说得更绝："狗不以善吠为良，人不以善言为贤。"到了宋朝苏辙则认为："言其是则有功，言其非则有罪。"还是不说为好。同是宋朝的黄升又作了新的升华；"风流不在谈风胜，袖手无言味最长。"到了明朝，大作家冯梦龙把历史像炒豆子似地炒了几遍之后，终于喊出："口是祸之门，舌是斩身刀。"纵观历史，虽没有专门让人说假话的机构和组织，但"众志成城"地制造了一个又一个说假话的大环境。"直言失官，直言失身"，"假话得福，真话得祸"，这就是为什么说假话可以无师自通的社会原因。

　　现在，许多人都标榜自己是唯物主义的信徒，是主张唯物论的。唯物论者，唯物而论，不就是说真话吗？不就是主张让人实话实说吗？但话是如此说，做却不如是做。就说话的大环境来讲，究竟是提倡和鼓励人们说真话，还是助长和赞扬人们说假话，人们会有自己的结论。不过"知无不言，言无不尽"，"言者无罪，闻者足戒"，"让人讲话，天不会塌下来"，这些金色的信条、"引蛇出洞"的"阳谋"和张志新被先割断喉管后枪毙怎么能对得上号呢？至于"只许他们老老实实，不许他们乱说乱动"的"他们"，那是真话不能说，假话也要谨慎小心的。

1989 年 3 月 18 日

不似更正的更正

在 3 月 18 日某报的《百花园》里，发表了本人的一篇杂文，题目是《实话难说》，文章一开头就提出了这样一个命题："世界上什么话最难说？实话。世界上什么话最好说？假话。"文章发表以后，至今还没听到哪位读者说我这话说错了。只是我自己觉得有更正的必要。

命题的前半部分，我至今确信不疑，而且越来越觉得"实话难说"。有杂文强调"新闻要说真话。"作为新闻工作者，听到了这个司空见贯的话，我不仅汗流浃背，而且无地自容，一筹莫展。至于命题的后半部分，即"假话最好说"，虽然不能说全错，但经过认真的思考和比较，我觉得是不够准确的。起码是那个"最"字用得不妥当。

比起"真话"来，当然是"假话"好说，但假话并不是最好说的话。在有些情况下，说假话还真的很不容易！

假话为什么不是最好说的话呢？一、假话是假的，违背事实，违背客观情况。要把没有的东西说成有，大的说成小，黑的说成白，懒婆娘的裹脚布说成香喷喷，贪官污吏说得清正廉明；假话还违背客观真理，违背事物发展规律，把错误的说成正确，把阻碍历史前进说成推动历史前进……总之，要把假的话说成真的，把错的说成对的，还要让人信，这当然很不容易。二、俗话说"做贼心虚"，说假话也心虚。明明是刚刚收到"倒爷"的贿物，硬说自己是"一身正气，两袖清风"；明明是自己打了别人，硬说别人打了自己；明明是阴谋诡计，硬说是正大光明，而且要脸不红，心不跳，血压不升高，就像演员在台上演戏一样，这种本领，一般人怕不会有。要有这种本领，除了先天的基因多了一点儿什么或少了一点儿什么之外，后天也要下很大工夫。鉴于上述两点，本人认为，假话不是最好说的话。

那么，世界上是不是就没有最好说的话了呢？

不然。

经过研究，笔者终于弄清，世界上最好说的话是废话。废话最好说。

何谓废话？废者，无用也；废话者，"没有用的话"（见《新华字典》）也。二十世纪六十年代初，曾读过一篇杂文，题目叫《热烈的废话》，主要是讽刺那些把"标语口号"当成真理天天重复的人。后来到了"文革"年代，"热烈的废话"

成了最时髦的语言，当时八亿人民几乎天天都在重复"热烈的废话"，而且把"热烈"的程度当成区分好坏人、提拔任用干部的标准。就连拿起鞭子赶上牛车往前走，也要先说一句"大海航行靠舵手，万物生长靠太阳"；举起镢头刨粪堆，也要喊"下定决心，不怕牺牲，排除万难，去争取胜利"；最逗人的是，老两口儿过大年，坐在炕头上啃一个煮得不太烂的猪蹄子，最后剩下一块筋撕不下来，老太太顺手拿起一把剪刀往下剪，老头儿说："凡是反动的东西，你不打它就不倒……"中国人在那个年代所达到的说"热烈的废话"的水平，绝对是世界之最！当然，废话除了"热烈"的之外，还有不热烈的，或不太热烈的。一般地说，总结成绩的时候，表示决心的时候，趋于热烈；而事情没有办好，出了差错，进行检查或挨批评作检查的时候，则趋于不热烈或不太热烈。"成绩是主要的，缺点是存在的"，"这是九个指头与一个指头的关系"，"缺点错误是有的，但缺点是前进中的缺点，错误是改革中的错误"等等，谁能说不对呢？而且态度诚恳，语言极平和，温吞吞，黏糊糊，一点儿也不热烈。废话，你可以说，他也可以说；过去可以说，现在也可以说；天南可以说，地北也可以说；绝对没有错，又绝对没有用。这大概正是废话的特点，就像马季说相声，给女朋友打电话："到了公共汽车上，有座你坐下，没座你站着。"就像某领导总是在下面递上来的报告上作这样的批示："请按照实事求是的原则，根据有关政策规定进行处理。"

废话多是正确的话；一个人总是说正确的话，必定是说废话的水平高。

说废话的人，有前途，好提拔。估计组织人事部门会有动作。

说废话的人，身心双好，长命百岁，节约医药费。估计财务部门不会反对。

本来，这则更正，应该这样写："3 月 18 日，本报三版吴昊之文《实话难说》，其中'世界上什么话最好说？假话。'，'假'字应为'废'字。特此更正。"连同标点符号，几十个字就够了，本人竟然拉拉杂杂写了这么多，哪里还像更正呢？肯定有人说我也是在说废话。

1989 年 5 月 13 日

小心你的鼻子

鼻子长在眼之下，口之上，人人如此，青天白日，小心什么？难道还有人敢割鼻子不成？

割也无人割，但小心确有必要。

时下专门有人在做鼻子的文章。他们研究鼻子，能从鼻子看出一个人的过去未来，吉凶祸福，喜怒哀乐，甚至能从鼻子判断出你爱人的情况，了解你们夫妇的床上秘密。有人研究鼻子，竟能洋洋洒洒写出厚厚的书来，鼻子奥妙无穷！在"鼻子研究"如此超前的今天，当然要"小心"啦，因为你的鼻子一旦被"鼻子专家"研究了去，轻则加重个人的心理负担，重则扰乱社会秩序，更严重者会让你走进精神病王国。

中国新闻出版社出版的《识心术》一书，据作者说是要"芸芸众生"通过这本书"指点人生途径、改善人缘（际）关系，扶助事业成功"，达到"知人、知面、知心"的目的。书中关于鼻子，有这样的判断："鼻子大的人，即使当上了演员，也没有办法变成大明星，所以最好别走演艺路线

（什么叫演艺路线？）。”“大鼻子的人很容易罹患心脏病，许多是心脏病不好的人。”大鼻子的人如此倒霉，小鼻子又如何呢？也不要高兴太早。书上说“小鼻子者不易受惠于家族运或家庭运，嫁了丈夫也要劳苦一辈子”。看来，无论大鼻子、小鼻子命运都够惨的，生活都不会顺心，都要带着沉重的“枷锁”走完自己的一生。不过读者也用不着马上去照镜子，更不用哀叹自己的鼻子是太大还是太小，事情还有转机。在另一本叫做《从面相看女性》（北京日报出版社出版，白云山人著）的书里说：“鼻子有充分的高度和长度，有丰满的肉，鼻梁挺直（大鼻子类），有这种鼻相的人，意志力强，工作踏实肯干，能力较强，一生会赢得荣誉，尤其中年以后，诸事顺利，吉星高照。”还有，“大鼻子男人精力都很旺盛，再多的性也不会感到厌倦，可说是能一个接一个玩儿遍妇人的艳福齐天的男人”。至于女人如果长了个大鼻子可就糟糕了，大鼻子女人“必定性欲十分强烈，而且常因旺盛的性欲无法发泄而困扰”。这本书还认为：“女人的鼻子不仅对她自己是重要的，对其丈夫也是重要的。因为女人的鼻子表示妻座。如果鼻相好，就是说高且直，如旧小说描写的美人鼻子如同一根葱管一般，这样的鼻子就是妻座好，也就是说夫运好。一是会有一个称心的丈夫，二是会辅佐丈夫成就事业，一生生活富裕。"妻座定夫运，由此可以推想，历史上那些英雄一世并创建了一番大事来的人，如秦始皇、汉高祖、汉武帝、唐太宗、朱元璋、康熙等，他们的妻子肯定都是大鼻子（高且直）；而那些倒霉的末代君主，如胡亥、隋炀帝、蜀后主、南唐二主、宋端宗、元顺帝、朱由检、溥仪等，他们的妻子则都是小鼻子、凹鼻子；至于那些先兴后亡、先盛后衰或是先贫后富、先枯后荣者，他们妻子的鼻子定然是今天变过来，明天变过去，无一定形状了。难怪古罗马著名的哲学家巴斯加说："克利奥佩托拉（恺撒大帝之妻）的鼻子如果低一分，那么历史就要改写了。"难怪中国人的日子这么难过，在经济上，远远地被西方人落在后面，原来是我们的鼻子太不争气！不知上帝为什么偏向白种人，给了他们个大鼻子？不过事情好像不完全是由鼻子决定的，不然为什么日本人和我们的鼻子差不多，他们比我们富裕？而我们的鼻子和越南人的鼻子差不多，他们好像还不如我们。

世界上的事情太复杂，一下子说不清楚。不过有一点倒是可以请教鼻相学家说清楚的，就是他们自己和他们的妻子的鼻子是属于什么型的？是富贵型，还是贫困型？为什么他们自己不听从鼻子的安排，非要含辛茹苦地写这类"鼻子研究"

的文章呢？

　　恕我不恭，奉告那些研究别人鼻子的人，还是先研究研究你和你太太的鼻子吧！

1989 年 7 月

不敢恭维的男人"现代美"

　　某报载，有人给男子的"现代美"开列了一张清单：

　　自觉地走进了厨房；与搓衣板有了缘分；知道怎么勤俭持家；学会了理解和谦让；多了对孩子的爱心；练就了"做娘"的本领；父母喜欢的"女儿心"；像大姑娘一样爱美……

　　据说这是"封建社会遗留给中国男子们的陈规陋俗和对歧视妇女的大男子主义意识有了很大程度的改变和矫正"的结果。

　　如此男子"现代美"，本人实在不敢恭维。倒不是封建社会的陈规陋俗和歧视妇女的大男子主义远没有改变和矫正，而是觉得这样做男人，只是讨女人（确切地说是妻子、对象、情人）的喜欢，整个社会和历史的发展未必喜欢，连同样有男有女的西天极乐世界也未必喜欢。

　　按照上面男子"现代美"的要求，男人在一天里的生活节奏大体是这样的：早晨提前起床一小时，先"像大姑娘一样爱美"，把自己梳妆打扮一番。而后"自觉地走进厨房，做好早点，把孩子叫醒，给孩子穿衣、洗脸、梳头、送到小学校或幼儿园，练就了'做娘'的本领"。"拜拜"了一个，再回头叫妻子。妻子醒了，如果早叫了五分钟，说不定要被骂几声"讨厌"，妻子一下床，自己赶紧整理床铺，把换下的衣服泡在盆里，为晚上的"与搓衣板有了缘分"作准备。这个时间本来可以像汉朝张敞那样为妻子画眉，但对不起，官不至京兆尹，没有那样的闲情逸致，况且另一条"现代美"的标志"知道怎样勤俭持家"又已提到日程上来，于是提着篮子，拿上兜子，赶紧往菜市场跑，买菜、买蛋、买豆腐、买鱼虫……斤斤计较，讨价还价。一看表，哎呀！再不去上班就迟到了。到了晚上，所有的"现代美"的项目差不多都要重复一次，待收拾完厨房，洗罢衣服，陪着孩子做完游戏后，再"听取妻子的批评和规劝"，反省自己一天的表现是否符合"现代美"的要求。如果哪个项目做得不到家，受到妻子的"批评和规劝"，说不定临睡前还得吞两片"安定"，不然又要失眠了。

如果自己的妻子是撒切尔夫人、宋庆龄、居里夫人那样的女人，也就罢了。总得有一个人作牺牲，男人"美"就"美"一点儿吧！

偏偏又不是这种情况，社会上一些重要的事

情好像还是男人干得多。做一个男人太难了，又要承担社会重任又要具备"现代美"的要求。若真的有轮回之说，建议须眉们赶紧向阎王爷打报告，咱们下辈子做女人吧！

封建社会腐朽透顶，对女性美的规定是云鬓花颜、曲线玲珑、声如银铃、姣好媚丽、绰约多姿；要以鸟为声、以月为神、以柳为态、以玉为骨、以冰雪为肤、以秋水为姿、以诗词为心；要娴雅秀逸、妍丽高贵、素静幽洁、玉骨冰心；要轻盈婀娜、千娇百媚、翩若惊鸿、艳光四射；当然还要三从四德……

不敢恭维的女人"古典美"，女人们早就不恭维了。

不敢恭维男人的"现代美"，如今却有人叫男人恭维！

男女不平等应有两个含义，一个是男人欺负女人；一个是女人反过来欺负男人。两种不平等都是不平等。大男子主义不好，小男子主义就好吗？

1989 年 11 月 20 日

洋人愚昧与国人盲从

　　看见了这个题目，一定有人大摇其头："怎么吴昊老兄糊涂起来了！如今提倡开放搞活，正该向洋人学习之际，怎么能说起人家愚昧来了。"众位莫急，本人立下这个题目，自有本人的道理。

　　其实，洋人、国人，都是人，都有其聪明之处，又都有其愚昧之处；都有其长，又都有其短。讲一点儿洋人愚昧，并不有悖常情常理。问题主要是国人的盲从，误把人家的愚昧也当成聪明来学、来吹、来捧。就像专门"捧臭脚"的人，捧到的明明是臭脚，却不辨其臭，反认为香。

　　在实行开放改革中，不辨真假、香臭、丑美、善恶，不分聪明愚昧，兼收并蓄，统统拿来者，确乎大有人在。

　　这是对实行开放改革的认识问题，也是学习、引进的方法问题。

　　外国人（指发达国家）为什么富起来了，我们为什么还这样穷？他们致富之路究竟有什么诀窍？于是一大批研究洋人发财致富方法的书籍翻译过来。这当中，当然不乏研究经营之道、管理之途的正儿八经的真货色，但也有些书介绍的却是如何投机倒把，如何损人利己，如何丧尽天良，连洋人都觉得齿冷的东西，我们却有人当成救世良方、致富之道。看到洋人吃得也好、穿得也好，有的老外，其貌不扬，却大把大把地掏出法郎、美元，有的是一瘸一拐的残废，却能登长城、爬泰山，万里迢迢来中国旅游，为什么人家这样有福气？是不是命中注定的？于是一大批研究长相、命运的书籍翻译过来了。在人家那里连书摊都摆不上、俗不可耐的破烂货，到我们这里都成了抢手货，就像哥伦布发现了新大陆一样，找上了一块再生的土地。

被一些人吹捧的《识心术》、《相面学》、《处世秘招》、《吹牛大全》、《拍马有术》……纷至沓来。有的研究语言，有的研究动作，还有的专门研究人的眼睛、鼻子、耳朵、下巴，研究"天庭地阔"、"离宫坎宫"、"命门悬壁"……乌七八糟，无奇不有。也有的用电子计算机给人算命、相面，古老的、满嘴江湖的算命先生又增添了新伙伴。

就下巴来说，有人尖，有人圆，有人方，有人不尖不圆不方，反正都是父母给的，自己没有选择的权利；即使整容术再发达，改变下巴形状，也极其困难，不像单眼皮改双眼皮那样容易。古今成大事者，大富大贵者，长命百岁者，有尖下巴、圆下

巴、方下巴，古今倒霉败兴、吃苦受累、暴病早夭
者，亦有尖下巴、圆下巴、方下巴，然而就专门有
人翻译出版洋人关于下巴的书。就以尖下巴说吧，
尖下巴的洋名字叫"下巴收缩性"，书中说：

"对于环境极其缺乏适应力，朋友、知己极
少，是孤独型者。令人难以接近，不合群，在人
们面前举止拘谨、笨拙。总是顾虑多，退缩。欠
缺社交性、孤僻。凡事均厌恶负责任、害怕过度
的行为，总是对危险采取防卫态度。……感情上
容易受到伤害，而且愤怒与仇恨的感情激烈。
……行动上属于快节奏、突发性的，或者完全静
止的，如果境遇好，颇为好动，也喜欢说俏皮话，
知性是思索性的、抽象性的、没有具体性、逃避
现实、内向。晚婚，性方面也不如人，独身的倾
向大。"（引自《处世秘招》，河北人民出版社出
版）书中没有原作者名字，只有大翻译家"家成"
的名字，而且是用小五号字排在书的尾页上的。
好像是心里有鬼、怕见人似的。如此"拘谨、笨
拙"、"退缩"、"顾虑多"，不知这位翻译家和出
版社是否都属于"下巴收缩型"的。

不过，长着尖下巴的人，千万不要看了上面
的文字就悲哀，更用不着投井跳楼，事情尚有转
机，请看中国出版社的《知心术》一书。这位大
翻译家叫石怡，他把尖下巴翻译成"倒三角脸型

的人"，比前面提到的"收缩型"好理解。而且石怡的名字赫然印在扉页上，只是和《处世秘招》犯了同样的毛病，没有原作者的名字，只是写着"石怡编译"，又编又译，本事不小！不过使人怀疑这位是个文字扒手，他的妙论是从洋人那里羞羞答答地讨来或偷来的。

且看书里关于尖下巴的论述：

"这种类型的人属于浪漫派，把梦想和理想当成人生一大要事。想象力丰富，经常喜欢在脑海里练习各种各样的计划，可说是背后的工作是比表面的工作更能发挥能力的人。因为，一到实行的阶段，即变得踌躇不前，欠缺果断的行动力是其缺点……当这种人和异性相交往时，这些缺点完全表露无疑。写情书时表现得热情洋溢、感人，一到约会时却又如缩头乌龟，丝毫不敢表现……""由于想象力丰富的特征点，而艺术才能高超，多数是艺术家。""倒三角型脸的人，由于具有骂一连（联）想到十的小心性，所以当你和这类人交往的时候，如果不特别小心的话，恐怕有伤害他们心理的危险。所以尽量开朗地和他们交往，责难他们的时候则要小心谨慎。"

对于尖下巴的人，《识心术》比《处世秘招》"客气"多了。虽然仍有些文字不能令尖下巴者完全满意，但写情书热洋溢，又能当艺术家，也就够开心的了。

　　还有一本叫做《从相面看女性》（北京日报出版社出版）的书，是专门研究女人面相的，其中有一节关于女人尖下巴的论述，亦很精彩。不过作者白云山人不是洋人，是台湾人。至于书的内容是作者的研究成果，还是从洋人那里引进的，不知其详。

　　因为作者是中国人，他把尖下巴形容为"有如一根棒子"（比起"下巴收缩型"和"倒三角型脸的人"更好理解）。他说：

　　"这种人有理智，感觉锐敏，这种人也善于投机钻营、巴结上司。这种人在爱情方面不是幸运的，会有种种挫折，最后结婚的也不是自己所爱的心上人，对方也并不是爱他（她），不过因为种种原因才娶她。这样组成的家庭自然说不上爱的气氛，所以很寂寞，夫妇如陌生人，只是相互敷衍，虚情假意而已。工作上也不会担当重要职务，一生跳上跳下，变来变去，不会有什么大出息。"

　　当然，长成尖下巴的女人也用不着投河跳楼，说不定在什么地方还有为尖下巴女人"歌功公德"的美妙文字，只是限于精力和篇幅，本人不愿再查了。洋人是善于机变的，能赚钱的事他们都想到，他们会在挖苦了尖下巴的女人之后在另一个地方再给尖下巴的女人一些补偿，否则很可能伤害了他们的太太和女儿，谁能保证他们家的"堂客"不也是下巴尖的呢?!

上面的几段引文里，有些话很不通，如"知性是思索性的、抽象性的"、"经常在脑海里练习各种各样的计划"、"欠缺果断刚毅的行动力是其缺点"、"想象力丰富的特征点"、"由于具有骂一连（联）想到十的小心性"、"这样组成的家庭自然说不上爱的气氛"等等，这怪癖的句子和用词，可能在原著里就是如此，也可能是出版社催得紧，译者、编者又忙着挣稿费，顾不得字斟句酌，当然也可能是"大手笔"们从来不把这些雕虫小技看在眼里。

国外有许许多多的东西，实行开放政策，可以说是受益匪浅。但尖下巴之类的论述，不管其说得多么动听，都是愚昧的表现。洋愚昧与土愚昧比，并不高明，国人所以急于引进，之所以表现为亦步亦趋地盲从，同样是国人愚昧的表现。

子曰："视其所以，观其所由，察其所安，人焉瘦哉!"这是被相学家奉为经典的语言。意思是说，只要看他做什么事，分析他做事的缘由和做事时的表情，就能知道他的品格和个性。本人冒昧，把这一段孔家语录稍变几字，即成："视其所译，观其所书，察其所言，人焉瘦哉!"不知上面提到的那些大翻译家和出版者以为然否?

1989 年 12 月

是曹操倒霉遇蒋干，
还是蒋干倒霉遇曹操？

　　曹操兵败赤壁，八十三万人马全军覆没。其中原因之一是曹操错听了蒋干的两个馊主意。一、蒋干头一次去东吴，游说周瑜不成，反中了周郎的反间计，盗回了一封假书信，使曹操误杀了水军都督蔡瑁、张允。北方人马，本来就不惯水上生活作战，又失去了水战内行的将领，对曹操当然是一大损失。二、蒋干二去东吴，到周郎寨中探听虚实，又中了周瑜的诈降计，从山西把庞统偷渡回曹营。庞统献连环计，使得曹操的艨艟战舰连成一片，成全了周瑜、孔明的火攻之计。不是蒋干的两个馊主意，也许曹操不至于败得那样惨。

　　蒋干先生本人如果认真反思，作一点儿自我批评，诚然是"罪莫大焉"！但对于曹操来说，把责任过多地推给蒋干，则是不对的；对《三国演义》的读者来说，轻率地相信"曹操倒霉遇蒋干"，也是不对的。

　　蒋干乃曹操帐下一幕僚。用现在的话说，只

不过是智囊班子里的一个成员。他的意见和建议，只对主帅起参谋作用，主帅可听可不听，可信可不信。事情失败了，拉来幕僚做替罪羊，若事情成功了呢，难道头功也是幕僚的吗？曹操在用蒋干上，起码是犯了"轻信不疑"的错误。蒋干说他自幼与周郎同窗之契，愿凭三寸不烂之舌，往江东游说此人来降。蒋干和周郎"交契"到什么程度？蒋干是否有"三寸不烂之舌"？周瑜和江东孙吴政权是什么关系？他能投降过来吗？这些问题曹操都没有认真考虑，就放蒋干过江，此一错也。蒋干盗书回来以后，曹操既没有对蔡、张二将进行调查，又未把"书"的笔迹交给"公安机关"进行技术鉴定，就一怒之下，把蔡、张二人拉出去砍了。献头帐下，曹操方悟"吾中计矣"！但又碍于面子，"不肯认错"，此二错也。盗书中计之后，曹操已经知道蒋干是"书呆子、一盆面酱"，但当蒋干再次要求下江东，了解黄盖、阚泽纳降虚实时，曹操则再一次欣然答应，把刚刚发生的事情忘得一干二净，此三错也。蒋干把庞统推荐给曹操，曹操全然不问庞统为什么而来，更不怀疑仅凭蒋干之才怎么能把庞统说动，也不打听一下庞统和孔明、周瑜是什么关系，就轻信其连环计，此四错也。凭此四条，稍有理智的人都会判断，在"蒋干现象"上，是蒋干本人的责任大呢，还是曹操的责任更大？

　　在整个《三国演义》里，曹操以狡诈残暴、多疑多虑著称，史书上也说他是"一代枭雄"。曹操的成功，与他善于发现人才、使用人才有很大关系。他的《唯才是举令》、《取士毋废偏短令》、《举贤勿拘品行令》，至今乃是求贤纳谏的经典。为什么在蒋干身上却表现得轻信不疑、一错再错呢？这和赤壁之战前曹操的整个思想情绪有关。当时曹操拥兵自重，刘备新败，已无立身之地，孙吴偏安江南，曹操以为大军一到，必定势如破竹。正像他宴长江横槊赋诗时对众将所说的："我持此槊，破黄巾、擒吕布、灭袁术、收袁绍，深入塞北，直抵辽东，纵横天下，颇不负大丈夫之志也。"并且唱道："山不厌高，水不厌深，周公吐哺，天下归心。"看曹操当时是何等的不可一世！古语云，骄兵必败。未曾胜利，就已经热得头脑发晕，在这种情况下，理智是不起作用的。而兵骄首先是将骄，将骄首先是帅骄。作为三军之帅，曹操如此骄横，只有胜利之心，全无防患之意，什么事情都往好处想。好像他真的胜券稳操，就要彻底胜利了。在这种情况下，他对蒋干信而不疑，一错再错，不是理所当然的吗？

　　蒋干乃一介书生，呆头呆脑，无大本事，更没有实践经验。如果曹操不是头脑发热，像平时那样，量才使用，用其所长，避其所短，说不定蒋干还真的能干些有益的、力所能及的事情，起码不会成为戏剧舞台上被千万人嘲笑的丑角。因此，说"蒋干倒霉遇曹操"，在某种意义上，比说"曹操倒霉遇蒋干"更确切，更客观。因为曹操大权在握，是蒋干首先必须听曹操的，而不是曹操首先必须听蒋干的。

如果因为用人不当致使事情失败，在总结经验教训的时候，对用人者的责任不去追究，只追究被用者的责任，既有为尊者讳过之嫌，又于事情本身决无好处。

把失败的责任推给下属，推给客观，不反躬自问、检查自己，古之帝王将相几乎人人如此，而人们的思路和历史的判断也往往这样附和。项羽兵败垓下，自刎乌江，在四面楚歌、败局已定的情况下，仍然抱怨"时不利兮骓不逝，骓不逝兮可奈何"？明朝末年，李自成兵临城下，宣府告急，京畿垂危，崇祯仍然长叹："朕非亡国之君，诸臣尽亡国之臣尔！"在讨伐李自成的檄文里也这样说："君非甚暗，孤立而炀蔽恒多；臣尽行私，比党而公忠绝少。"至死不悟，和"曹操倒霉遇蒋干"是一个思路。

1990 年 1 月

糊涂分类学

　　做"糊涂"文章的人不少，但把糊涂作为一种学问来研究的似乎不多。本人抛砖引玉，不知是否有人响应。

　　按《辞海》的权威解释，糊涂者，"头脑不清楚，不明事理"也。外延肯定，内涵清楚。糊涂就是糊涂。地不分南北，人无别老幼，糊涂者没有高低贵贱之分，"在糊涂面前人人平等"，这该是起码的科学态度。

　　然而事实却不这样简单，对于世界上的糊涂人，如果你仔细观察，真是千奇百怪。

　　把糊涂弄得复杂化的"罪魁"，恐怕该推"扬州八怪"之一的郑板桥。他老先生的一个条幅"难得糊涂"，被后人奉若珍宝，不少名人大家悬挂在书斋墙壁上。

　　就板桥自家来说，事情本来是极简单的，处在当时他那样一种情况下，官场黑暗，市井萧条，民不聊生，事业干不成；尔虞我诈，明争暗斗，落井下石，君子做不成；读书无用，笔墨涂炭，动辄得咎，文章作不成。就像一条扬帆的船，四处礁石，不得出路。板桥于是奋笔疾书"难得糊涂"。没有封建社会的大背景，大气候，板桥未必想到世间还有难得的糊涂。

郑板桥的"糊涂"，按糊涂分类学，属于高级糊涂。是把事理悟彻，把人情看透的那种极清楚的糊涂。就像神殿里的如来，庄严肃穆，心态平和，似乎谁也不看，又似乎谁也逃不出他的眼睛。板桥为自己的"难得糊涂"注了一行小字："聪明难，糊涂难，由聪明变糊涂更难。放一著，退一步，当下心安，非图后来福报也。"这就是板桥的"难得糊涂"。

真糊涂，世间多的是，不是"难得"，而是难于避开。

某报的一篇短文说："时代不同了，我们的某些同志却还一个劲儿地'糊涂'；面对着行凶作案的歹徒，他明哲保身，'好汉不吃眼前亏'；面对着以权谋私违法乱纪的坏事，他睁只眼闭只眼，'得糊涂时且糊涂'；面对着礼物、贡品、回扣，'他拿咱也拿，不拿白不拿'。"这些都是真正的糊涂，按照糊涂分类学，不能与板桥的糊涂相提并论。

很遗憾，由于糊涂分类学长期没有建立，上述两种糊涂的界线竟然被模糊了。

　　君不见，有的人从来就没明白过，对人、对事、对国、对家、对内、对外、对上、对下，从来都是一盆浆糊，除了上炕知道自己的老婆是女的，下炕知道裤子不能当上衣穿外，开口就砸锅，办事就碰壁，是地地道道、正儿八经的糊涂。如今也居然挂起了板桥的"难得糊涂"，好像这种连仨多俩少都弄不清的人，也"难得"了！

　　君不见，还有一种人，长了毛比猴子还精，什么事情都是以我为中心，对人、对事、对国、对家、对内、对外、对上、对下，从来都是无利不早起，没有便宜不动身，只要和他打交道，你就得准备掉层皮，是地地道道的、正儿八经的精灵鬼，如今也挂起了板桥的"难得糊涂"。按照物种变化，这类，尚处在精灵过分时期，这种人多的是，怎么会"难得"呢？真是滑天下之大稽！

　　不建立糊涂分类学，把真假糊涂、好坏糊涂、高低糊涂划分清楚，看来是不行的。

　　在中国"糊涂学"发展史上，宋朝的皇帝赵炅是有贡献的。他说过"端小事糊涂，大事不糊涂"，后来诗人又有了"诸葛一生唯谨慎，吕端大事不糊涂"的警句，小事可以糊涂，大事不能糊涂，这又是一种糊涂分类学。

　　吕端的可贵之处，首先在于"大事不糊涂"，其次也在于"小事糊涂"。多数明白人和吕端不同，他们大事不糊涂，小事也不糊涂。战场上指挥千军万马，稳操胜券，百战不殆。回到家里对老婆孩子也是八米二糠，滴水不漏。"人至察则无朋"，这种人，并不可取。

板桥先生说的"放一著，退一步，当下心安"，我以为他指的是小事，而不是大事。板桥自己在大事上并不是这个态度。他四十四岁中进士，五十岁以后到山东范县、潍县做知县，前后十年，审理过许多冤狱，昭雪过许多无辜，他的正直和精明直到如今还广为流传，正像朋友的赠诗所说："料得三条椽烛尽，几人翘首望蓬瀛。"吕端先生与板桥先生对待糊涂上可以说是一脉相通。

研究糊涂分类学极有好处。精通此学问，可以看清许多人的真面目，特别是可以看清那些本来就糊涂，还要悬挂"难得糊涂"条幅、招摇过市者的真面孔是多么地可笑和好玩儿。

1990 年 4 月

名人之难

在世界杯足球赛中，挨骂最多的是阿根廷主将马拉多纳，他那"上帝之手"，就像犯了弥天大错，有人甚至骂他是"四只脚的球星——狗"。道理很简单，因为马拉多纳是名人，名人的失误是得不到舆论谅解和宽容的。

同样，在举世瞩目的罗马，被人踢伤次数最多的也是马拉多纳，进入"四强"以后，被踢伤三十四次，他十分悲壮地说："只要我还有一只脚就要登场比赛。"道理同样，因为马拉多纳是名人，名人，就是众矢之的的人。

做名人难。

孟夫子所谓"天将降大任于斯人也……"指的是名人成名之前，必经一番磨难，才能摘到成功的蜜果。就像《西游记》里的几个徒弟，千山万水，与妖怪斗了几年，才算把真经拿到一样。科举时代，人们信守孟老夫子的教诲，十年寒窗，二十年寒窗，只望金榜夺魁，一举成名。有人为了成名，把婚姻、家庭、青春时代的一切乐趣全都抛弃。成名之难，难于上青天！

而名人一旦成了名，还难不难呢？

情况是不同的。

如果成名以后，名誉、金钱、地位、房子、汽车、娇妻、爱子相继到手，于是躺在成就上，过太平日子，今天参加庆祝会，明天参加签名活动，接过中学生送上的鲜花，然后把大名写到他们的本子上，这样的名人，是不会有什么难的，他办许多事情，说不定比常人更容易。此类"吃老本儿"名人，生活中并不少见。

如果不是这样，名人成名以后，继续追求进取，继续干事业，那就会像马拉多纳一样，遇到更多更大的难。

按理说，名人已经到了较高的台阶，再往上去，较常人容易。事实恰恰相反，人们对于继续干事业的名人往往过分挑剔和苛求。同样往地上吐一口痰，非名人无所谓，交五角钱罚款就是了，名人则要引起一场轰动，要听各种各样的责骂和非难。马拉多纳的"上帝之手"，不就被骂成"四只脚的球星"嘛。比较起来，人们对于那些开会、签名、接受鲜花的名人似乎更宽容，宁可天天歌功颂德，也不愿支持名人再干些实实在在的事情。

卢梭在写完《对话录》以后，曾试图"托付给全能的主保管"，他在祷词中这样写道："我是个十分不幸的陌生人，孤独、漂泊，得不到别人的帮助，而且常常遭到别人的嘲笑、讥讽、贬损和迫害。……我对于人类不再存有希望，因为他们充满了欺骗、诽谤和谎言。"在此之前，卢梭早已是名震法国、风靡文坛的大人物，他的论文《论科学与艺术》早在1750年7月就已荣获第戎学院首奖。如果卢梭那时就躺在他的荣誉上，做一个"名誉教授"，做几家的"理事"、"顾问"，一杯咖啡，几句扯淡，哪有后来的哀叹。

　　　　　　　　　　　　　　1990年7月6日

十全未必十美

做事情，十全十美，很难。十全的事情，未必十美。一般地说，十全较易，十美实难。"荆岫之玉含纤瑕，骊龙之珠亦有微颣。"（北齐刘昼）

中药有"十全大补丸"，"全"则全矣，但疗效平平。治不了病，要不了命，病人能吃，非病人也能吃。对于"小病大养"的人来说，无所谓，吃一丸药，犹如饭后吃块西瓜。一旦真的有了病，不要说恶性肿瘤、脑溢血、心肌梗塞这些要命的病，就是得了贫血、肾亏、精衰、气短，用"十全大补"来补，也没什么用。久和医院打交道的人都知道，越是百病都治的药，越是百病都不治。

"意不并锐，事不两隆；盛于彼者必衰于此，长于左者必短于右，喜夜卧者不能蚤（早）起也。"（《说苑·读丛》）这是汉代刘向的"辩证法"。

全与美，不仅常常相悖，而且常常成为互相变化的条件。一个姑娘长得太美，"回头一笑百媚生，六宫粉黛无颜色"，自认谁也比不上，于是这也看不起，那也瞧不上，轻狂浮躁，水性杨花，最后往往成为嫁不出去的"剩女"；一个人过于精明，"水晶脑袋玻璃心"，什么事情都一清二楚，对谁都半点儿不让，"人至察则无徒"，除了老婆之外，不要说没有"两肋插刀"的朋友，恐怕连个推心置腹谈谈心的人也没有。

十全十美本来极难，可是不少人的追求目标偏偏是十全十美，因而酿成了不少悲剧。清浊、大小、长短、疾徐、哀乐、刚柔、迟速、高下、出入、周疏、甘苦、休戚，本来都是相辅相成的事情，有人却非要一刀切，一个标准处事，一把尺子量人，不懂得实事求是的灵魂在于"具体事情具体对待"，不能用人之长，又不能容人之短，不能有人超过一分，又不能有人不足一分，于是国无良人可用，军无精兵可使，最后酿成"求全之毁"，或"求全之恨"。唐代的李祐，官至右龙武统军，女儿长得很漂亮，许多公卿都想娶他的女儿做儿媳，李祐一个也没同意。一天，李祐将所有的幕僚召集起来，说是要在宴会上选女婿，众人都以为他要选一个名门贵族子弟。酒喝到一半，李祐却从座位的最后面选了一个不知名的年轻军官，说，他就是我的女婿。事后，有人问其原因，他说：选女婿，不是选权利，我为什么非要把女儿嫁给名门望族呢？历史上有许多人不如李祐，他们择婿总要十全十美，结果待字闺中的女儿不是和小厮偷情，就是和表兄弟窃爱，为了十全十美，反而十分不全十分不美了。

十全十美实际是不可能的。"物之不齐，物之情也"，还是遵从先人古训，对他人，对自己，不要老是出难题。

1990 年 7 月 12 日

孟夫子抑或有理

　　春秋时代的郑国有两条河，都从国都前流过。很可惜，河上既没有桥，也没有渡船，百姓们过河，不管冬夏，都得挽起裤子蹚。当时在郑国做宰相的子产，主管着国家大事，他看到群众过河很苦，就常用自己的马车把群众接来接去。孟夫子对他的这种做法不以为然，说他是"惠而不知为政"，意思是这样的施行小恩小惠算不上懂得政治。孟老先生的理由是："岁十一月，徒杠成，岁十二月，舆梁成，民未病涉也。"就是说，如果到了十一月，把行人过河之苦的桥修好，到了十二月，又把车马过河的桥建成，人民就不会有过河之苦了。这样从根本上解决问题，要比用自己的车子接送群众过河好得多。

　　孟老先生这样批评了产，因为子产当时不是"一般干部"，而是郑国的宰相，是关系大局的决策人物。如果说"一般干部"做些具体的好事是值得称道的，那么作为从事政治的领导人子产只是一般地做好事，没有大政方针的正确决策，就不值得称道。就像过河这件事，如果不把桥修起来，光是偶尔用自己的车子接送群众是不可取的。何况作为子产来说，"焉得人人而济之"，不可能把所有的过河人都用车子接过来呀！

孟夫子对子产的批评，历来有不同的看法。有人支持孟夫子，也有人同情子产。我倒觉得，孟夫子强调为政者首先要抓大事，要从根本上解决问题，符合马克思主义"抓住主要矛盾和主要矛盾方面"的工作方法和思想方法。

大约又过了一千五百年，孟夫子的信徒、北宋重臣、《资治通鉴》的作者司马光以同样的观点评述了唐德宗李适的一次"善举"。李适一次打猎后到百姓赵光奇家，适年五谷丰登，李适问他："百姓乐乎？"——生活好不好？赵答"不乐"，因为朝廷政策不兑现，赋税增加，"愁苦如此，何乐之有"。李适听后，指示地方免了他家的赋税。司马光认为，做皇帝，到百姓家聆听疾苦，"此乃千载之遇也"。但他同时又指出："夫以四海之广，兆民之众，又安得人人自言于天子而户户复（除）其徭役乎！"皇上只能去赵光奇一家，免赵光奇一家的徭赋，怎能把天下所有的百姓家都走遍呢？司马光认为，作为皇上要从大政方针、改革吏治上为民造福，才是最主要的。

子产用自己的车渡百姓过河，李适免了赵光

奇的赋税，应该说他俩都是为百姓"办实事"，这在那样的时代，身为帝王将相，已经很不简单了。比起那些"大事做不成，小事又不做"、"大事无德政，小事无善举"，只知搜刮民财的贪官污吏，他俩是有可取之处的。孟夫子、司马光批评他们是把他们作为主管国家大事的政治家来要求，才提出他们如此"善举"，不过是杯水车薪，无济于事。

　　我们现在提倡各级干部都要为群众办实事，密切干群关系、党群关系。所谓实事，既包括子产用车接送百姓过河、李适免除赵光奇家赋税那样十分具体的实事，又包括制定好政策，拿出好办法，总结好经验，从而改变一个地区、一个方面的落后面貌、贫困生活，这些更大范围的实事，后者更应是领导首先要考虑的。由一点而及全局的思想方法，调查研究、解剖麻雀的工作方法得益于马克思主义的教诲。很可惜，子产也好，李适也好，孟夫子也罢，司马光也罢，他们都不认识马克思。

　　"在其位而谋其政。""位"与"政"是统一的。县长要主管全县的事情，市长要主管全市的事情，什么是大事？什么是小事？必须分辩清楚。抓了芝麻，丢了西瓜，小法小善不少，大法大政等于"0"，那就不是好县长、好市长。领导干部参加一些具体的活动，比如和清洁工人一起扫大街，和民警一起维持交通秩序，主要目的在于深入实际，调查研究，掌握第一手材料，指导全局，制定大政方针，以自己的行动影响群众、教化群众，树立新风尚。如果不是这样，而像子产那样，便是"惠而不知为政"。这便是我说孟夫子抑或有理的原因。

1990 年 9 月

班大姐的立场问题

　　班大姐者，东汉史学家、文学家班昭是也。
她完成了其兄班固的未竟事业，著成《汉书》，名
垂千古，乃一代女杰。她出入宫廷，曾担任皇后
和妃嫔的教师，嫁扶风曹世叔为妻，人称曹大家。
对这样一位作出过重大贡献的女性，以"大姐"
相称，似乎更符合现代人的习惯。

　　不过，很遗憾，作为一名女性，班大姐似乎
是犯了立场上的错误。她身为女人，竟不为女人
说话，反而站在封建道德和男人一边，为女人制
定了许多清规戒律。女人的枷锁《女诫》，就是出
自她之手。在汉代，刘向先生的《列女传》，可以
说是按照封建道德的要求用事实为女人树立了规
范，而班大姐则对"如何做女人"从理论上作了
回答。这两位一个务实，一个务虚，异曲同工。不
过刘向先生是个大男人，他不替女人说话，可以
理解，班大姐身为女人，也不替女人说话，让人
不可思议。

　　"卧之床下，弄之砖瓦"，就是班大姐给女人

生下来以后设置的地位。女孩子生下来就要放在床上，稍长则砖块、纺锤当玩具，其人生使命，不言自明。班大姐还进一步说，作为女人要"谦让恭敬，先人后己，有善莫名，有恶莫辞，忍辱含垢，常苦畏惧"，承认自己是卑下之人。现在有些干事业的女人，风流倜傥，不卑不亢，运筹帷幄，出类拔萃，脱颖而出，按照班大姐的设计，这样是不行的。女人以"卑弱第一"，怎能和男人并肩而立，并驾而行？"阳以刚为德，阴以柔为用；男以强为贵，女以弱为美"，女人不仅是社会的奴隶，而且是男人的工具。

最后从理论上完成"三从四德"的，也是班大姐，对"妇德、妇言、妇容、妇功"，班大姐都有详细的解释。她特别强调"此四者，女人之大德，而不可乏之者也"。就是说，作为一个女人，必须做到这四点，并以此作为女性的最高道德准则。

对于"夫妇之道，参配阴阳"，班大姐认为这是"通达神明，信天地之弘义，人伦之大节也"，有一定的科学精神。但反过来，班大姐又认为女人在夫妻关系上只能"奉献"和牺牲，和男人绝对没有平等地位。"夫不御妇"，不过是"威仪废缺"，"妇不事夫，则义理堕阙"。就是说，夫妻双方，男人对女人不亲不近，或另求新欢，不过是个面子问题，而女人不亲近男人，则是属于义理不容的道德品质问题了。

历来认为，在封建社会，女人是受男人压迫的，女人头上压着"夫权"的大山，才永世不得抬头。这个看法，当然不错。但也应看到，压迫女人的，男人之外，还有女人自己。班大姐著《女诫》就是证明。男人整女人，总还隔着一层，女人整女人，就像内行整内行一样，总能整到其要害部位，而且叫你哭笑不得，因为她自己也是女人。

班大姐的《女诫》是写给她自己的女儿们看的，"间作《女诫》七章，愿诸女各写一通，庶有补益，裨助汝身"。因此，用不着怀疑，班大姐完全是出于一片"善心"，她不会跟自己的女儿过不去。事情的深刻性也正在这里，如果不是班大姐立场有问题，她怎能用封建道德的绳索先把自己的亲生女儿捆绑起来呢？

今人总结了古人的教训，似乎变得比古人聪明多了。尤其是今日之女人，谁也不会再心甘情愿地干那种自伤其类的蠢事，谁不愿意举起"妇女解放"的旗帜？然而愿望总归是愿望，如果立场不对头，说不定还会重复班大姐的错误。社会上确有人希望世界中多一些"班大姐"，在他们看来，由女人对付女人，更好些。

1990 年 12 月 26 日

常有理与常无理

过去在农村采访，听到过这样一个故事：

有一家弟兄两个，分开过日子，父亲早逝，老娘轮班吃饭，一家半个月，上半月在老大家，下半月在老二家。每当轮到老二家，老娘就提心吊胆，实在惹不起老二媳妇那张嘴，她怎么说怎么有理，自己怎么做都不是。

就拿吃饭时间来说，开头几天，老娘总是早去一会儿，帮着放放碗筷子，不料二儿媳妇开腔了："干别的不行，吃饭倒是挺积极的，天天早早来，催命似的！"老娘一听，是抱怨自己来得早了，以后晚点儿来就是了。吃饭时，孙子在门口喊，听到喊声再来。没过几天，二儿媳妇又开腔了："一天在家闲着，筋都懒了，吃饭老得等人叫！"老娘一听，是嫌自己来晚了。早也不是，晚也不是，怎么办呢？此后老娘索性站在门口等着，听到里面放碗筷的声音再进门，正好赶上吃饭。谁知没过几天，二儿媳妇又开腔了："干别的不行，吃饭倒是挺会算计的，早不来，晚不来，刚一拿碗筷就来了，比马蹄表还准。"老娘当然不会再有第四种选择。因此，二儿媳妇总是有理，老娘总是没理。

理，本来指的是"道理"，即"事物的规律"，按说理是有客观标准的，不以人的意志为转移，因此才有"在真理面前人人平等"，才有"有理走遍天下，无理寸步难行"。生活中的是非，是就是有理，非就是无理。一个正常的活人，有是也有非，不可能是常有理，也不可能是常无理。然而这只是书呆子的理，生活中，谁有理，谁没理，往往不决定于或不全决定于谁真有理谁真没理。理一旦和权力、地位、金钱、美色结合起来，就可能换位，有理变成无理，无理变成有理。因此，上级批评下级总是对的，司务长永远可以"骂"伙夫，皇帝总是打大臣的屁股。婆婆只剩下吃饭的份儿了，那就对不起，儿媳妇怎么说都有理。

综上所述，可以悟出两点：一、当自己面对下级、儿子、仆人、弱者或患"气管炎"丈夫的时候，如果总是有理，那就应该想一想，自己的理是不是有其他因素在起作用；二、当自己面对上级、主人、强者和娇妻耍泼发怒的时候，如果总是没理，那就得想一想，自己是否真的没理，自己的理是否被权力、地位、金钱、美色等吓到爪哇国去了。

实践是检验真理的唯一标准。但很难做到每个理都到实践中去检验，更何况有些人根本不买"实践检验"的账。因此，不管对于常有理还是常无理，都要有一颗清醒的头脑，坚定自主意识。比如那位受气的老娘，除了要反思当年自己当权的时候是否如此对待过儿媳妇之外，至于什么时候吃饭，完全可以根据自己的判断去做。

1991 年 6 月 17 日

"思想欠债"问题

"还我思想上的欠债",是陆定一同志在其《文集》自序中提出来的。早在几十年以前,陆定一同志对瞿秋白同志临刑前写的那个《多余的话》,有过不公正的看法。当时他曾怀疑如此"消沉情绪",不是出自秋白之手,而是国民党特务伪造的。后来查清,《多余的话》确是秋白同志亲笔。但这既然不是表明秋白"情绪消沉",又为什么会那般"情绪消沉"呢?陆定一同志说,最近他才把这件事想清楚:

"这不是情绪消沉,而是秋白同志有内疚,他说'我是书生',把我推到领袖的地位上,这是'历史的误会'。秋白同志所以内疚,是因为他当了共产党的领导人,但没有把王明路线反掉,对不起党,对不起人民,有愧于被推为领袖。"

陆定一同志说,上述想法,不能向毛主席、周总理汇报了,十分惋惜,只能原原本本地写出来,"还我思想上的欠债,表扬瞿秋白同志"。

秋白真有在天之灵,该会含笑九泉的吧。人

们还记得，秋白同志因为那个《多余的话》，长期遭受不公正，"文革"期间，更有人诬其为"叛徒"、"变节分子"，几乎"鞭尸问罪"，他们全然不问这位无产阶级的领袖是如何高唱《国际歌》走向刑场的。有了陆定一同志的"还债"，这历史冤案就清楚了。

陆定一同志把当年错对秋白称为"思想欠债"，并在他八十五岁高龄的时候，不忘还掉这笔债，充分表现了一个革命同志的襟怀坦白和高风亮节。其实，类似对待瞿秋白同志的这种"债"，绝对不止陆定一同志一人，陆定一更不是最严重的人。其他"负债者"该当如何呢？如果说过去出于这样那样的原因和考虑，不能实话实说，那么到了写回忆录的年龄，总应该多一点儿实事求是的精神和唯物主义者的勇气了吧！一个人应该对历史负债，把真实的历史留给子孙后代。

债有百种，但多指经济而言。"思想欠债"许多人不以为然，似乎那是可还可不还的。对于思想上的欠债，不仅"债务人"没有还债意识，就是"债权人"也没有讨债意识。加上思想欠债就像"梅子黄时雨"一样，恩恩怨怨，纠缠不清，你说我欠了你的债，我还说你欠了我的债呢！就以陆定一对瞿秋白同志来说，如果不是他主动提出"还债"，而是秋白主动提出"讨债"，那岂不是要招来更大的麻烦和更多的攻击。因此，还清思想欠债，完全决定于欠债人的自觉，说到底还是属于"良心债"。

"恕道"是中国人的传统美德，信佛的人更是以慈悲为本，什么"思想欠债"，过去了就算了，"天下事尽可以不了了之"，因此，思想上的负债者总能活得心安理得。

对于"思想欠债"，更多的人则表现为理所当然的健忘症。健忘症患者，本来不该有理所当然的理由，但因为"思想欠债"，忘者居多，也就成了"理所当然"。生活中有些人更像川剧演员变换脸谱那样，一会儿白脸，一会儿红脸。昨天还是小丑的形象，今天却变成了正人君子。就像"文化大革命"那场旷日持久的运动，想当初整人的人、被人整的人，"造反有功"的人和牛鬼蛇神、狗崽子，今天说起来大家不是彼此彼此，都成了"受害者"了吗？

历史总是过去的事情，"思想欠债"也都是过去的事情。把过去的事情都弄清楚，未必可能，也未必必要。至于还不还"思想欠债"，更是个人品质和个人修养问题，法律上没有规定，国家也无专门的"清债"机构，十分认真也未必妥当。

【原载 1991 年第 9 期《群言》】

对一个"历来政策"的思考

"党的政策历来是'坦白从宽，抗拒从严'……"很多人都知道。我本人的经历和遭遇，使我对这句话听得特多，感触特深。只是对这一"历来政策"，我现在也没有弄明白。什么叫"坦白"？什么叫"抗拒"？什么叫"从宽"？什么叫"从严"？

而今的拘留所、监狱、劳教场所都在最明显的地方用最大的字体写着这条"历来政策"，每一个受纪检部门、监察部门审查的人听得最多的是这句话；每一个被拘捕的犯罪嫌疑人最先听到的也是这句话；影视节目里，关押和审查罪犯的镜头，背景也几乎都是这句话。这确实是一条"历来政策"，从建党之初到现在，对于犯了错误，或没有犯错误只是被怀疑的自己人，或是被抓到的敌人，用的都是这条政策。没有什么政策可以像它那样经历那么长的时间而一字不改。

任何一个被拘捕的犯罪嫌疑人，任何一个被无罪冤枉的好人，任何一个只有小过而无大错的革命同志，在被审查的时候，几乎都有一个共同的心理，那就是希望早点儿把自己的事情搞清楚，早一点儿得到从宽处理。"蝼蚁尚且偷生"，即使是罪大恶极的死刑犯，在被最后执行之前，也总有"生"的幻想。"坦白从宽"的巨大威力，正是利用了人们的这种心理。你不是想"从宽"吗？不是不想死吗？好，那你就"坦白"吧，就像基督徒的祈祷，对上帝说了实话，就能得到上帝的宽恕一样。

道理简单，后果却极复杂。因为"坦白"和"抗拒"都是没有限度的。在多数情况下，说真话的，可能被说成是不坦白，说假话的，反而被说成是坦白。而且假话说得越多，被说成是坦白的越彻底。使得本来是简单的事情，越弄越复杂，牵连的人越来越多。"文化大革命"期间，清查"五一六"、"内人党"以及各地的"叛、特、反"，之所以牵连那么多人，造成那么多冤假错案，不能不说和这一政策有关。过去搞运动，最后总要进行甄别，给大批人平反，原因之一就是运动中争取"坦白从宽"的人乱咬了好人。另一方面，"坦白从宽"当然也会放过坏人，有些人本来应该治罪，但"坦白"的内容正中办案者的下怀，结果被"从宽"了。

"坦白从宽，抗拒从严"，在逻辑上不能回避感情因素，使法律的准绳变成任人拉动的猴皮筋。

金钱、美女以及各种"关系"都可以在执法中起作用，使得该判死刑的改判死缓，该判无期的改判有期，该在狱中执行的办了假释、保外就医，得到从轻处理，另一些人则可能被从重处理。理由都可能是"坦白"得好或不好。而实际情况到底如何，究竟是坦白得好，还是"坦白"得不好？没有标准，外人也无法知道，神圣的法律巧妙地变成了执法者的"良心"。一切非法律的东西堂而皇之披着法律的外衣、打着法律的旗号招摇于社会，招摇于人民，社会和人民则只能无可奈何。

"坦白从宽抗拒从严"，即使真正地得到执行，也不是完全的法治。它的副作用是明显的，它的非法本质也是清楚的。一个法治的社会，一个"在法律面前人人平等"的国家，是不应该让非法律的东西在法治过程中永远起作用的。建立一个真正的法治社会，要有一个过程，在这个过程中，就是要不断地淘汰那些不符合法律的东西。"坦白从宽，抗拒从严"，亦应在淘汰之例。我们的国家，什么时候不再提"坦白从宽，抗拒从严"了，什么时候离真正的法治国家也就不远了。

1992 年 2 月 8 日

请留下那个墓碑

　　云南省泸西县农业银行的领导人要信用社女青年赵丽琼陪州农行领导人饮酒，导致赵丽琼急性酒精中毒而丧生。事后，他们为赵丽琼大办丧事，并为赵丽琼修坟，刻了一座接近两米高的墓碑，上刻着："因公逝世的赵丽琼同志之墓，流芳千古"。后来有消息说，这一事件的有关人员已受到了处理，但不知"流芳千古"的墓碑是否还矗立着？

　　依本人愚见，事件尽可以严肃处理，有关单位的领导尽可以总结教训，甚至可以捶胸顿足，抽自己大嘴巴，骂自己"孙子"、"王八蛋"。但对那块墓碑，请高抬贵手，还是留下吧！理由有二：

　　一、说赵丽琼是"因公逝世"并不错。陪酒者，陪人喝酒也。陪酒的标准，不是看陪酒者自己喝好没有，而是看被陪者喝好没有。赵丽琼半小时内，喝下去一斤半烈性酒，不是她自己要喝，是被她陪的人要她喝，更是要她陪人的人要她喝。

她只有这样，才能完成"任务"。为完成领导交给的任务而死，当然是因公逝世。一个女青年，正在风华年纪，据说是婚后不久，多少美梦在等着她，竟这样离开了人世，岂不是个屈死鬼！从这些意义上讲，为她立个碑，并不为过。当然"流芳千古"，就未必了。用这样的溢美之词，不管始作俑者动机如何，都是对死者的嘲讽和挖苦，如有可能挖掉这四个字，改成"陪酒丧生引以为戒"，就好了。

二、就是在这个县，前几年曾有两个干部因酒醉掉进毛厕坑里，溺死于粪便之中。对那两个死者的丧事好像也曾兴师动众，大操大办，但就是没有留下墓碑。如果当时在死者墓前立一块碑，上书"××酒醉溺死便池"，后人看了定会引起警觉，起码泸西县农行的领导人半小时之内灌赵丽琼一斤半烈性酒时要掂量掂量它的后果。碑不仅可以"流芳"，而且可以"警世"。

也是在云南，我有一次在滇缅公路乘车，见路旁的一块石碑上刻着："前方危险，已死过××人"，行车至此，司机师傅看看那块石碑说："要格外小心喽"！看来，警世的碑，是应"千古"的。

有消息说，我国死于酒精中毒的人十年时间增长了九倍，远远高于因其他原因造成死亡人数

的增长速度。又有消息说，酒后驾车，是造成交
通事故的重要原因。还有消息说，青少年犯罪者
中，百分之六十三的人与酗酒有关。毫无疑问，
治理这些现象，社会上应采取综合措施，但留下
或立下一些警世的碑，是会有益处的。

1992 年 3 月 3 日

亮有失算时

诸葛亮的一生，文韬武略，颇受后人敬仰。如今，更有许多人把他当成智慧的化身，顶礼膜拜。其实，诸葛亮并不是完人，在某种意义上说，西蜀在三国中率先灭亡，正是诸葛亮的失算造成的。

"诸葛一生唯谨慎"。谨慎诚然是好事情，但诸葛亮谨慎到只相信自己，不相信别人的程度，于是衙中无谋划之官，军中无决策之将，只好事必躬亲，最后则累死在行军路上。

李严在蜀军中是个仅次于诸葛亮的人物。刘备临死时，白帝城托孤，"严与诸葛亮并受遗诏辅少主，以严为中督护，统内外军事，留镇永安。"刘备的用心，是让诸葛亮任丞相，留在成都主持政务，辅刘禅登基，让李严屯兵永安，防东吴西进，主管军事。一文一武，左臂右膀，但诸葛亮事无巨细，大权独揽，惹得李严很不高兴。以后诸葛亮又以北伐为借口，削了李严的兵权，叫李严在后方管理粮草。最后，李严被赶出成都，废为庶民，并悲愤死去。这当中固然有李严自己的原因，但与诸葛亮对李严用而不信、知而不教也是有关系的。同级干部之间，言听计从，少数人说了算，并不可取。互相提挈，互相帮助是必不可少的，不能看着对方出问题，秋后算账。

诸葛亮对同级如此，对下级也有许多失误处。最明显的就是对魏延的偏见和不公正。魏延是蜀国的后起之秀，他作战勇敢多次为蜀国立大功。他在跟刘备的征战中，很受刘备赏识，因此，才在迁成都后，从"牙门将军"破格晋升为"都汉中镇远将军，领汉中太守"。对于汉中这个重镇，人们都以为刘备会派张飞前去镇守，张飞也自认为非己莫属，想不到竟派了魏延，当时，"一军尽惊"。关、赵等死后，魏延无疑已是能独挡一面的重要将领。但诸葛亮对他总是信不过，每一次出祁山北伐，魏延都有新奇的建议，诸葛亮就是不听。他曾向诸葛亮请兵一万，要求出褒中，循秦岭，当子午而北，十天之内奇袭长安，与诸葛亮在临潼会师。诸葛亮可能是觉得这个下属太狂妄，说什么也不答应。魏延以后在军中发些牢骚，对亮略有微词，正是他自己的才智受到压抑的结果。但诸葛亮却忌恨在心，说魏延有"反骨"，不置之死地，不罢休。结果被杨仪钻了空子，诸葛亮一死，杨即拿着尚方宝剑，砍了魏延的脑袋。

　　比起魏延的死，刘封的死就更令人惋惜了。刘封是刘备的义子。刘备到四十多岁，还没儿子，收养刘封为义子。说来也巧，收养刘封以后，刘备的夫人就生下阿斗刘禅。在刘家内部，很自然地出现了接班的矛盾，为了使亲生儿子刘禅以后顺利登基，刘备对刘封一直采取压制的政策。尽管刘封少壮有为，屡立战功，但刘封的官职却一直升不上去，只是个"副军将军"。等到关羽被困荆州，走麦城，刘封与孟达按兵不救，致使关羽被杀，这当中固然有刘封的不是，但更主要的应该说是由于关羽平时固步自封、目中无人、刚愎自用、枉自尊大造成的。在《三国演义》里，把这一节处理成刘备不容刘封，"命左右推出斩之"。实际上，根据《三国志·蜀书》的记载，刘备先不想杀刘封，只是把他狠狠地批了一顿，是诸葛亮在一旁"虑封刚猛，世之后终难制御，劝先主因此除之"，用现在的话说就是"刘封这样勇猛，你死后谁能制得住他，借此机会把他杀了吧！"刘备考虑到日后的江山，于是心一横，杀了刘封。刘封的死，与其说是死于刘备之刀，不如说是死于诸葛亮之口。

　　"蜀中无大将"，这凄凉的结论，实际上诸葛亮应负主要责任。

　　亮之一生，功过已成盖棺，他的历史地位和

他在人们心目中的地位，不会轻易改变。但即使
对于亮这样的人，不是也不可过于迷信吗？人无
完人，包括诸葛亮在内，此其一；其二，有些人
总觉得自己了不起，似乎自己永远正确，永远是
老虎屁股摸不得，永远得拿着棍子打别人。其实
即使是真的诸葛亮再世，也不过是个有缺点的智
者。不知己之不足，不知发挥别人之长处，不能
团结五湖四海，只能带来失败的结果。

1992 年 3 月 13 日

苍蝇籍贯考

8 月初的一天，北京酷热。我们一行乘西北航空公司的班机去兰州，大家进了机舱以后，本来想里面会比外面凉快，谁知整个机舱像个闷葫芦，不通风，不透气，一百多名乘客一下子就像装进罐子里。更加难忍的是，机舱里苍蝇乱飞，人们抽出小桌板下的报纸杂志，又是扇风，又是赶苍蝇，一个劲儿地忙乎。这种现象，有些年不见了，一下子，还真的"适应"不了。直到飞机起飞，冷气开通，人们的手才停下来，苍蝇们也才找个地方趴下来。国内外航班乘过不少，暑天登机也不是第一次，但是机舱里这样的"小环境"，却还是头一次遇到。一位乘客问服务员："请问小姐，机上这么多苍蝇是哪里来的？""北京的，从首都机场飞上来的。"小姐回答得干脆、明了，不容置疑。

原来如此！苍蝇既然是北京的，你们北京的乘客还有啥说的呢？

多数人不甚了了，说北京的就北京的吧，反

正谁也排除不了北京有苍蝇，谁也不能保证北京的苍蝇不乱飞。但有的人脑子似是静不下来，他觉得小姐的回答跟自己的思想对不上号，于是有点儿凑趣地说："不对吧，小姐，我们从首都机场多次登机，在别的飞机上，没有见过苍蝇，或者说没有见过这么多苍蝇，怎么北京的苍蝇单单地往你们飞机上飞呢？你们的飞机为什么让苍蝇感兴趣？"

另一位看来也是常出门的乘客，他接着刚才那位的话说："请问小姐，你们的航班，除了跑北京到兰州外，还跑其他地方吗？"

"跑的，跑的。沈阳，大连，烟台，南京，广州……都跑的。"小姐糊涂了，好像是忘了刚才的话茬儿，不知道乘客会接着问她："那你怎么证明苍蝇不是从其他地方飞上来的呢？"

"可能的，可能的，全国的苍蝇都往飞机里飞，反正苍蝇绝对不是飞机上的。"小姐又明白了，她知道自己要首先维护飞机的声誉。

飞机上的苍蝇究竟是北京的，还是沈阳的，大连的，烟台的？并不重要。考察苍蝇籍贯问题，亦属无聊。大家心里都清楚。于是有人摇头，有人叹息，也有人偷偷地笑。其实那位空姐的态度和答话，也挑不出多大的毛病，苍蝇的籍贯究竟是北京、沈阳、大连、烟台？她也确实说不清楚。

不过这样的事情却让人思考。首先，像苍蝇这样的丑类，人人见了人人恶心，哪里出现，消灭在哪里，就是了。如果先要费很大精力考察其籍贯问题，先要分清责任，把苍蝇放过了，苍蝇岂不得以偷生？世间的许多坏人坏事不就是这样得以偷生吗？其次，服务行业要提高服务水平，大家都这样说，那么如何提高服务水平呢？是不是先把什么都弄明白，然后再提高服务水平呢？是不是遇到了苍蝇，先要考察其籍贯，然后再动手消灭？街上的烂纸、烟头是谁扔的？旅游区的"到此一游"是谁刻的？公共厕所里的"臭诗"是谁写的？诸如此类，一定要先查清楚再解决，那可就惨了，全国十二亿人都去搞"专案"，怕是也忙不过来。若不见扯皮的事情到处有，该扯的扯，不该扯的也扯，有些时候还真能扯出点儿"水平"来。

1992 年 8 月

虱子减少与阮籍的
"裤裆哲学"

　　北京市为了申报 2000 年奥运会，提出要使北京变成无蝇城市。不过蝇子这东西真讨厌，1958年的"四害"就有它，但老人家的话它也不放在眼里，而今，更是不管你申办不申办奥运会，还是照样飞来飞去，照样"嗡嗡嗡"。同样讨厌的虱子则不然，好像并没有人把它归于"四害"、"五害"之列，也没有搞过什么全民性的歼灭活动，但虱子这些年确实少了。过去出差到外地住旅店，就像现在担心传染艾滋病一样，总怕把虱子带回来。而今这种担心也少了，当然，边远山区，或没有卫生习惯的地方，虱子还是不少的。不过就总体来说，消灭虱子比消灭苍蝇要容易。

　　虱子为什么比较容易消灭？原因就在于它有个"安乐窝"。

　　建安才子阮籍在《大人先生传》里对虱子的"安乐窝"曾有过一段极幽默、极精彩的描写："且汝独不见虱之处于裤中？逃于深缝，匿于坏絮，自以为吉宅也；行不敢离缝际，动不敢出裤裆，自以为绳墨也；饥则噬人，自以为无穷食也。然炎邱火流，焦邑灭都，群虱死于裤中而不能出。……悲矣！"姑且把阮籍先生的这种见解称为"裤裆哲学"，这种哲学的伟大，就在于它指出了安乐窝并不安乐这个真理。

阮先生建立"裤裆哲学"，主要是针对当时那些束身修养，慎重检点，"服有常色，貌有常则，言有常度，行有常式"，一门心思巴结做官的正人君子们说的。这些人以为做了官，"少称乡里，长闻邦国"，就可以安安稳稳过一辈子，就可以像虱子钻进裤裆那样找到一个安乐窝。其实这不过是一种短见，一旦火起，裤子烧了，虱子们也就全军覆没了。阮先生当然不会给大人先生们找到什么出路，他的"裤裆哲学"，到此了结。

惰性每每和满足相连，不同的人有不同的满足，而一旦满足了，也就不想再动了，就像冬天睡在冷炕上，盖一床破被，压一个破棉袄，够寒酸的了，乍钻进去，非下一百二十分决心不可，但是一旦睡热乎了，就不想动了，就会有一种莫名其妙的满足。这种苟且求安的惰性，正是阻碍人们进步的本原之一。难怪阮籍先生要用"裤裆哲学"对大人先生们进行挖苦和讽刺了。

真正给"裤裆哲学"造成危机的是商品经济

的发展和冲击。商品真是个百分之百的怪物，只有它才能对人的惰性造成致命的冲击，因为它的原则是平等竞争，是披荆斩棘，力争上游，人只要被商品的细胞所传染，即使是十分苟且偷安的，也不会再在那个破被窝里心安理得了。也只有在这样的时候，"裤裆哲学"才有被送进博物馆的可能。

虱子这种东西，没有脑子，所以必然与"裤裆"共存亡，这是不可惜的。令人遗憾的是有些大人先生们长了脑子，却也和虱子差不多，他们中的一部分，也要和"裤裆"共存亡。对于他们来说，改变一下他们的环境，掀开他们的热被窝，或许有用，但主要的，恐怕还是得让商品经济的"幽灵"早一点儿附在他们身上。当然了，有些人的本性就是虱子，他们只能依赖于裤裆，生存于裤裆，靠裤裆养肥，靠裤裆苟且，最后也只能与裤裆一起灭亡，终究走不出阮籍先生的"裤裆哲学"。

1993 年 1 月 6 日

少管点儿

大概是前年吧，有人在分析"白沟现象"时提出，白沟之所以在那样一个偏僻的地方发展起来，并且很快形成市场经济的规模，原因就是"管得少"。白沟是自发地发展起来的。这个论点提出来以后，当时就有人反对，现在还有人反对。不过，反对归反对，事实归事实，白沟确实是这样发展起来的。

市场经济在某种意义上说，是无为经济。这话听起来挺怪，其实并不怪。市场经济是沿着自己的轨道运行的，人们的行为只能适应、顺从，不能违拗，就像月圆月缺、春夏秋冬、风雷雨雪不能违拗一样。然而有些人对这一点是很缺乏明智的，他们对待市场就像旧社会的婆婆对待媳妇，什么都得按自己的意志行事；婆媳之间矛盾，百分之百，是因为婆婆管得宽（说这话真要得罪婆婆们了）造成的。市场是无声的，却是有生命的，你把它管死，它就没有了，不像小媳妇那样，管死了，人还活着。婆婆不能没有媳妇，管市场的权威却可能把市场管没了。这一点，稍有些年纪的人，都是经过的。

老子可能是市场经济的祖师爷，因为是他最先提出了无为而治。他说："为无为，则无不治"，又说："圣人之言曰：我无为，而民自化；我好静，而民自正；我无事，而民自富；我无欲，而民自朴。"孔夫子是老子之后的人，这里的"圣人曰"是老子自己的意思。老子倡导无为，所以说他是市场经济的祖师爷。西汉的政治家陆贾发展了老子的无为思想，他说："夫道莫大于无为，行莫大于谨敬。何以言之？昔虞舜治天下弹五弦之琴，歌南风之诗，寂若无治国之意，漠若无忧民之心，然天下治……秦始皇设为车裂之诛，以敛奸邪，筑长城于戎境，以被胡、越，征大吞小，威震天下，将帅横行以服外国。蒙恬讨乱于外，李斯治法于内，事愈繁天下愈乱，法愈滋而奸愈炙，兵马益设而敌人愈多。"陆贾先生对秦始皇的评价，不是现代人的观点，但在历史上持此论者，却大有人在。我们不和陆先生争论这些，他的这一段话确是把老子的无为而治具体化了。

世界上的许多事情确实是这样，你不管它不行，但管多了也不行。有时候管多了还不如不管。比如门前的小树，当然要管，但如果你管得太勤，天天浇水，天天剪枝，天天去看一看，天天去摸

一摸，这棵树即使不死，也绝对长不大。比如在
炉子上坐开水，不去管它，到时候就开了，一会
儿又一会儿地掀开壶盖看，反而开得慢。再比如
冬天生炉子，不添煤，不把下面的炉灰捅掉，不
行，然而你若是总不放心，一会儿又一会儿去捅，
其结果不但火烧不旺，还很可能把炉子捅灭了。
生活中需要放手的事情太多太多，有些人就是不
肯放手，好像离了他，真的地球不转了，没有他，
别人就都得尿裤裆。其实在有些时候，在有些事
情上，恰好相反，没有它，反而更好，顺其自然，
发展更快。

　　计划经济造就了不少蠢人，办了不少蠢事，
上帝确定的因果关系在其身上绝对地兑现不了。
好心办坏事，管得越多，结果越糟。把一个红红
火火的市场管得死气沉沉，则已司空见惯。

　　有一些人就愿管人，就好像工人不会做工，
农民不会种地，教师不会教书，商人不会做买卖，
于是什么都不放心。种什么，种多少，怎么种
……买什么，卖什么，怎么买卖……教什么，学
什么，怎么教学……产供销，人财物，吃喝拉撒
……什么都要管起来，什么都要纳入计划，忙得
不亦乐乎，累得废寝忘食。结果呢，不能说什么
事情都没做，但不少事情的确是越管越糟。越管
越糟，越糟越管，恶性循环。发人深思，却又不

能让人猛醒，这大概就是时代的悲剧和时代的特点吧。

一千多年前的柳宗元先生，好像有先见之明，他在《植树郭橐驼传》里说的一段话，好像就是对着现在讲的：

见长人者好烦其令，若甚怜焉而足以祸。旦暮吏来而呼曰：官令促尔耕，勖尔植，督尔获，早缫而绪，早织而缕，字而幼孩，遂而鸡豚。鸣鼓而聚入，击木而召之。吾小人辍飧饔以劳吏者，且不得暇，又何以蕃吾生而安吾性耶？故病且怠。

把这段话译成白话就是：

当官的总喜欢向老百姓发布各种指标，看起来非常心疼老百姓，结果却是害他们。长官们一天到晚发号施令，督促他们种好地，下好种，监察他们收割好，教他们不要误了抽丝织布，不要误了孩子上学，告诉他们要养好鸡和猪，一会儿击鼓，把老百姓集合起来，一会儿敲梆子，把老百姓召来；老百姓还要给官吏们准备一日三餐，忙得一点儿闲工夫都没有。在这样一种状态下，老百姓怎么能发展生产、安排生活呢？于是老百姓一个个变得又虚又弱，又迟钝又麻木，就像生了病的样子。

感谢柳老前辈，感谢他的先知先觉。只是我们这些把"理论联系实际"背得烂熟的人，总是离实际远远的。

1993 年 7 月

附记：1993 年第 7 期《时代潮》刊发了这篇文章，有人不喜欢，说是违反了什么原则，因此，在没有经过本人同意的情况下（我当时是该杂志总编辑），这篇卷首语被撤换了。杂志已经发出，完全追回不可能，于是这期《时代潮》就有了两个版本。

1997 年 5 月

又：对这篇文章，机关纪检组的领导曾对我宣布，要立案审查，后来不知为什么没有审查，时至今日，也没有人通知我不审查，本人仍蒙在鼓里。

2012 年 9 月

妇容十题

一

妇容是指妇女化妆。研究妇容学就是研究妇女化妆的学问。

这是一门很正统的学问。连孔老夫子都承认这门学问，他说的"三从四德"，"貌"是"四德"之一。其实，"貌"不是专指长相；长相是先天的，一米四的矮个子，再有德，也变不成一米七。貌是容貌，注意容貌就是注意化妆，按照孔夫子的意思，化妆属于道德修养的范畴。谁的化妆水平高，说明谁的道德水准高。那些把化妆说成是资产阶级低级趣味的人，连孔夫子的脚后跟儿都踩不着，更甭说当革命左派了！

二

化妆于女人，妍媸美丑，均不可少。

"三分人才，七分修饰"，指丑女说的。

"七分人才，三分修饰"，指一般女人说的。

"十分人才，十分修饰"，指美女说的。

只有"十分人才，十分修饰"，才是尽善尽美，才能闭月羞花。

"蓬头垢面不掩国色"，是古人胡说八道。试想：邋里邋遢，窝窝囊囊，破破烂烂，脸不洗，牙不刷，味儿啦巴叽的，苍蝇嗡嗡飞，怎能辨出是国色？

三

"女为悦己者容。"这话说得好！

谁是悦己者？不外乎自己喜欢的男人、喜欢自己的男人或需要喜欢自己的男人。

悦与爱有距离，爱又深了一层。悦己者不一定是爱己者，也不一定是己之所爱者，但可能是己之所需者。

如果说"女为爱己者容"，则更好。

"楚王好细腰，宫中皆饿死；楚王好高髻，宫中皆一尺；楚王好大袖，宫中皆全帛。"如此求"容"，也是为了悦己者。

楚王无过，过在宫人。

四

　　女人化妆，从眉开始。

　　柳眉、蛾眉、黛眉、秀眉、细眉、翠眉、浅眉、新月眉……都是画出来的。

　　"眉如翠羽"（宋玉《登徒子赋》），"修眉连娟"（曹植《洛神赋》），"明朝弄梳台，黛眉类扫迹"（左思《娇女》），文人大都对画眉有兴趣。

　　虢国夫人是杨贵妃的姐姐，据说是天生丽质，不施脂粉，即艳若桃花，然而眉还是要画的，所以杜甫诗云："虢国夫人承主恩，平明上马入宫门，却嫌脂粉污颜色，淡扫蛾（娥）眉朝至尊。"

　　女人的老，也是先从眉开始，画眉是"青春争夺战"的第一战场。

五

　　化妆要因人而异。

　　"东施效颦"，生般硬套，教条主义，引起相反效果。

　　有一年到东北某市，见那里的姑娘一个个涂着红脸蛋儿，描着黑眉毛，嘴唇像刚刚吃过猪血，坐一排，就像一溜儿无锡瓷娃娃。

物极必反。一味地浓汝艳抹，会使美女变丑，丑女变妖，妖女变怪。

丑打扮，丑打扮，越丑越打扮，越打扮越丑。这种"不看不知道，一看吓一跳"的女士，并不少见。

六

外面的凤凰家里的鸡，几乎是现代女人的通病。

有人说，你的妻子很漂亮，很会打扮，很有气质，很有魅力，作丈夫的却不以为然地说："外面一朵花，家里一把草。"

化妆和美容是为了走出家门，妖娆和体面是在众人面前的摆设，突出自己的曲线和风流是为了取悦领导和同事。有的女人说："我就是要让大街上的男人一看三回头，累得脖子酸。"

回到家里可就全变了，体态松松垮垮，衣着马马虎虎，神情懒懒散散，说话随随便便，大裤衩子，花背心子，拖着破鞋，就像刚打了败仗回来，美呀，媚呀，俏呀，娇呀……全没了。

后者是女人的误区。

七

化妆是一种乐趣，一种享受，不要变成负担。

人皆以面皮白嫩为美，粗黑为丑，化妆只是一种补救，绝对不能改变本来面目。犹如洗衣，杂色脏物可以洗掉，却不能把黑色洗成白色。

人力虽巧，难拗天工。

有的女人总是和自己过不去，坐在梳妆台前双眉紧锁，长吁短叹，实在太苦、太累。

薄命尽出红颜，厚福偏归陋质。事情往往与人的愿望相反。

八

人无千日好，花无百日红。

谁能把时间留住？谁能让青春永葆？

不可能的。

和时间较量的人，太多了，用于留住青春的花费，太高了，但没有一个成功的，也没有一个例外的。

年龄增长犹如暑去寒来，老了就是老了。

四十岁的"徐娘"总是和十八岁的姑娘较劲儿，于是只好在化妆品上不惜血本。她们羡慕荧屏上为化妆品做广告的模特儿，可是偏偏忘了为什么模特儿都是妙龄少女？

九

贫寒人家打扮闺女，富裕之家打扮妻子。

越是富裕的社会，女人化妆的年龄越是趋于老化。

有人看不惯外国的老太婆，腰都直不起来了，还浓妆艳抹，大红大绿，其实那是说明人家的生活够上那个份儿了。

杨白劳过大年的时候给喜儿买根红头绳，还是挺吃力的。

"小康"？"大康"？看女人化妆。

什么时候中国的老太太都穿金戴银，珠光宝气，二百米以外就香水扑鼻，甭问，已经实现现代化了。

十

晓窗晴睡起殷勤，舒玉肱把镜台儿移近。画了蛾蛋，盘了鸦鬓，点了朱唇。玉梳儿斜掠着乌云鬓，赛芙蓉脸儿天生的嫩。笼一朵淡淡胭脂，又朴上些儿粉·(清人徐石麒散曲《美人临妆·北中吕锦仙裳》）。

——晨妆的规范动作

……将几个古名姬比，怕西施瘦得村，杨妃肥的蠢。俏似文君，柔似飞燕，雅似虢夫人。敢则是画图中点不破的昭君（同上《藕花风》）？

——美女的历史标本

在华夏古文化中，"妇容"的内容非常丰富，用不着到国外引进，也用不着拜洋人为师。

1995 年 4 月 14 日

十万宦官亡大明

朱元璋建立的明王朝，实际上是个人独裁的独夫政治。明之前，每个封建王朝，都设中丞宰相，总理机务，统率百官，在一定的范围内，起一点儿限制帝王独裁，调节帝王专断的作用，这种作用虽然有限，但人民群众和正直的文武百官还是非常看重的。

到了明代，连这一点儿少得可怜的"分权"也没有了。洪武十三年，朱元璋"罢丞相不设，析中书省之政归六部"，把原来属于宰相的职权分散在六部，而六部又由他自己总其成，实际上是一切权力归皇帝。皇帝当然没有三头六臂，不可能事必躬亲，于是只好依靠身边的太监，依靠由太监组成的强大的特务系统。到了明王朝灭亡的时候，太监已发展到十万人，后来的清王朝（康熙）曾以此为训，告诫子孙。

太监是皇帝的家奴，从国家大事到生活起居，除生孩子之外，都是由太监执行的。太监是皇家的秘书班子，皇帝的一切政务，几乎都要依靠太监。皇帝每天被太监包围着，离了太监，皇帝就像没手没脚没眼没心的废物。在这种情况下生活的皇帝，英明的，太监起承上启下、中场传递的作用；昏庸的，或稍微不明白的，太监们就大权独揽、为所欲为了，皇家的天下变成他们的天下。历史上有许多臭名昭著的太监，最典型、数量最多的，要数明朝，如魏忠贤、刘瑾、汪直、王振、曹化淳等，几乎每一个皇帝身边都有一个或几个独揽大权并作恶多端的太监。朝臣的任免、升降、奖罚，甚至生死荣辱，都是太监说了算，朝臣们也尽量巴结太监，围着太监转。张居正是明朝的贤相，他励精图治，曾经试图对当时的社会进行改革。但是，就是这个赫赫有名的张居正也要投太监冯保作靠山。戚继光、李成梁都是很有名的将领，一个"列三孤"，一个"受封王"，他们上书张居正，自称"门下沐恩小的"，而张居正拜谒冯保所上的帖子则自称"晚生"。还有，冯保营建了一个生圹，张居正便为他作了一篇《司礼监太监冯公预作寿藏记》，文中以达、忠、智、仁种种美德歌颂冯保。有明一代，受太监所害的官员，真是罄竹难书，单只天启五年十二月魏忠贤矫诏颁布的"东林党人榜"就有三百零九人，这些人"生者削籍，死者追夺，已经削夺者禁锢"，成为中国历史上最大的冤案之一。同时，太监在经济上也是最贪婪最腐败的，他们横征暴敛，巧取豪夺，贪污受贿，敲诈百姓，百姓称他们是"一群饿虎，无数饥狼"。"土木堡之变"以后，皇帝朱祁镇被伏，太监王振的家被抄，其财富直如内府，计有"金银六十余库，玉盘百，珊瑚高六七尺者二十余株，其它（他）珍玩无算"。等到太监刘瑾被抄家以后，其财产之巨，珍玩之丰，更是让世人瞩目。史书载，对于宦官们的巨额财富，连皇帝、太后都非常动心。太监们是皇室的奴才，也是皇室的寄生虫，他们凭借皇帝的权力，吸吮民脂民膏，反过来又充当皇帝的鹰犬和特务，他们是从内部把封建王朝掏空的蛀虫。

太监们在皇帝面前口口声声称"奴才"，自裁之身，效忠主子，对于皇室的忠贞，似乎是无保留的。其实，这只是表面现象，像所有的寄生虫一样，当它们的寄生体失去寄生价值以后，就会"树倒猢狲散"，夹起尾巴投靠新的主子了。明王朝灭亡的时候，是太监们走在了迎降的最前列，先是宣化府的监视太监杜勋效迎李自成大军三十里之外，后是在昌平守陵的太监申芝秀投降，等到李自成大军打到北京城下，太监曹化淳打开了彰义门，太监王相尧打开了得胜、平则二门，据说太监王德化还率三百内员到得胜门去迎接李自成。崇祯皇帝吊死在煤山，至死也没有看清他的

奴才原来很大一部分是不忠于他的。倒是李自成
比较明白，他在檄文中说"宦官皆齕糠犬豚"，事
实证明，李自成后来也没有重用这些太监，并且
把他们赶出了都城。《怀陵流寇始终录》里有这
样的记载：闯王的孩儿兵"群呼打老公（太监），
数万人哀号奔走，衣毁帽裂，青肿流血，一钱不
得随身，都人大快之"。这大概就是奴才应有的下
场。

1995 年 6 月 23 日

爱读征婚广告

不娶不嫁，爱读征婚广告，莫笑老夫怪癖。

其实，老夫自有老夫的道理。阅读文章，无非是要赏心悦目，增知识，长见闻，每个人都可以有自己的阅读天地。想读啥就读啥，阅读自由，别人干涉不得。就老夫看，征婚广告比起有些文章，起码有两大优点：一、简。不拖，不沓，不累，不赘，不无病呻吟，不妙笔生花，很符合中国的文化传统；二、实。有些征婚广告虽然也有扬长避短之嫌，但除骗子外，极少有人讲假话。这和现在有些又臭又长的大文章比起来，堪称精品。

试举一例：

"某女，二十九岁，身高一米六，大专未婚，外地户口，在京从事新闻工作，貌端体健正直善良，觅四十岁以下、身高一米七以上、大专以上、善解人意、在京工作、有北京户口的男士为伴，军人或新闻、铁路工作者尤佳，有婚史无子女也可。信照寄×××××，邮编：××××××"。

　　数字、标点符号全算上，一百二十四个字。当然这还是征婚广告中的"长文章"，有的只有几十个字。此征婚小姐是"从事新闻工作"的，如果不是征婚广告，设想让这位新闻工作者把上述意思写成文章，平铺直叙，也得六七百字，稍加铺陈，恐怕就要一两千字，设若交给那些"下笔千言，不知所云"的"作家"来写，不拉成长篇，也得扯成中篇。有些文章，就像挂在天上的大气球，看着是个庞然大物，拿下来，放了气，叠巴叠巴，放进书包背走了。干货就那么一点点。

　　征婚广告为什么能够写简、写实？我想原因之一，就是广告费要自己掏腰包。至今还不曾听得哪个单位可以报销征婚广告费，如果有的话，那个单位的人制作的征婚广告肯定是又臭又长的。以"纪实文学"为例，这些年在报纸刊物上常常看到整版的纪实文学，或写厂长经理，或写富翁富婆，从尊容仪表写到生活琐事，从小夫少妻写到白发苍苍，从阳刚之气写到阴柔之美，从大小便写到卫生纸，什么都有，什么都记，神笔飞来，就像一块泡沫掉在水盆里，把什么都吸上来了。这种文章为什么会成橡皮糖，原因就是这种文章都是有偿的，拉得越长，作者收益越高。因此，泡沫吸的水分和脏东西就越多，大字标题，套色制版，黑体提要，不懂行的人，一下子就被镇住了，还以为什么了不起的内容，其实"看来字字皆是钱，作者辛苦不寻常"。

老夫是局外人，只有时间是自己的，当然是宁可看花钱做的广告，不看为挣钱而写的文章。当然，纪实文学也有写得好的，不能一概而论；写纪实文学的人，也有不先讲价钱就动笔的，也不能一概而论。有这两个"当然"，朋友们该不会叨叨我又"偏激"了吧。

1996 年 2 月 27 日

植树先从挖坑开始

看这标题，一定有人笑我，谁不知道植树要先从挖坑开始，还有不这样做的人吗？

有的。

比如，电视里的植树，就不是从挖坑开始。常常是去了一大帮子人，开了一大溜子汽车，威风凛凛，浩浩荡荡，人们还以为真的去植树的呢，岂不知，到了现场一看，坑已经挖好了，树苗已经摆好了，水也准备好了，铁锹也准备好了，植树人只是往坑里填填土，浇浇水，树就植好了。就像某些工程的奠基典礼一样，要的是那个排场，别以为拿铁锹填土的都是建设者。

电视上植树，不见有人挖坑，于是，我家的小外孙指着电视机，天真地问我："姥爷说植树要先从挖坑开始，那些人植树，怎么就不见他们挖坑呢？"我无言以对。这样的事情，一句半句说不明白，特别是对小孩子。

电视上，有些领导同志植树不挖坑。就"视"论事，应这样说，有些领导同志植树，意义不在于他们怎样植树，而是通过他们的行为带动全民植树。不能要求他们和普通人一样。特别是有些领导同志，年事已高，又公务繁忙，他们出来植树，即使是做做样子，也已经是很不容易了，应该欢迎。

问题是哪些人属于这样的"领导同志"呢？应该有个界定。我们国家大，人口多，官员也多，光是"领导同志"的名单就能把人搞糊涂。中央有中央的领导同志，部门有部门的领导同志，单位有单位的领导同志，省里有省里的领导同志，县里有县里的领导同志；省里的部门和单位、县里的部门和单位又各有其领导同志，领导同志周围有领导同志，陪同领导同志出来的有领导同志，你对他是领导同志，他对他又是领导同志……现在的问题恰恰是，植树不挖坑的"领导同志"太多了，而且各种各样的"领导同志"都在春天的时候出来植树，都要在自己管辖的电视上露露脸儿，约定成俗，于是形成了植树不挖坑的气候。没有亲手植过树的小孩子，还真的以为天下有植树不用挖坑的方法。

其实，有些领导同志看上去身体很好，唇红齿白，满头乌发，够精神的，也有些人过去有过劳动的习惯，对于他们来说，植树的时候，和群众一起，甩开膀子，先从挖坑开始，干他一天两天，实实在在地种几棵树，有什么不好呢？所有的领导同志都像"领导同志"那样，往挖好的坑里填填土，浇浇水，然后讲话，握手，鼓掌，上车，"点到为止"，连我们这些看电视的人都觉得脸红，用广东人的话说："西（实）在不好意西（思）啦，很难嗽（受）的啦！"

形式主义害死人，道理不讲自明，而且我们曾深受其害。稍有年纪的人，要说形式主义的教训，都能举出一大箩，一大筐。然而形式主义也是很难克服的。有些事情明明知道是形式，还得照走不误，明明知道是劳民伤财，还得照"劳"照"伤"。搞形式主义的人，有执而不悟的，也有悟而也执的，没办法，不管是执而不悟，还是悟而也执，只要是形式主义，就是害人的。

1997 年 3 月 15 日

"狗道主义"的变迁

　　大概是三十几年前吧，苏联的一颗人造地球卫星带上了一只叭儿狗上天，引起了某些西方人士的攻击。于是，我们有些同志写文章，说人家是"狗道主义"，"劝"人家多讲一点儿人道主义，少讲一点儿"狗道主义"。

　　我们国家历来对"狗道主义"有不同看法。大体上说，是以贫富为界，越是有钱有闲的人，越是拿狗当回事，越是穷人，越是对狗漠然。"狗眼看人底"，"狗仗人势"，"狗娘养的"，"狗腿子"，"狗杂碎"……都是群众中以狗骂人的话。当然也有例外，清朝大才子纪晓岚就曾给他的狗设牌位，并且著文说他的奴才们不如他的狗。近代文人梁实秋先生也说："狗与人类打交道，由来已久。周有犬人，汉有狗监，都是帝王近侍，可见在声色犬马之娱中间，狗早就占了极重要的位置。"不过不管文人们怎样尽力，"狗道主义"在中国还是没有实行起来，特别是在鲁迅先生的《论"费厄泼赖"应该缓行》问世以后，"狗道主义"就越发地没有了市场，连叭儿狗也不例外。1949 年以后有过那么几阵子，对狗们实行"专政"，不少地方成立打狗的专门机构——"打狗办"，使狗们经历了几场"断子绝孙的灭顶之灾"。

　　近年来，随着经济的发展，市场的繁荣，人民生活水平的提高，狗的处境和命运也开始回暖，养狗人越来越多，骂狗的人越来越少，有人说，这是社会的进步。在城里，鲁迅先生所说的"为阔人、太监、太太、小姐们所钟爱"的叭儿狗也越来越多，致使不少城市不得不为"限养"立法，养狗者要纳税，违规者要罚款。狗在人们心目中和生活中的地位，正在向西方靠拢。如今的中国，不是到处都在讲"接轨"嘛，看来狗的"轨"也在"接"。最近，笔者在首都的一家报纸上看到一则《寻狗启事》：

　　我有一只白色京叭狗，于 3 月 19 日上午（星期四）在团结湖中路附近走失，全家人焦急万分。此狗已养五年，与家人感情深厚，望好心收养此狗的朋友能及时与我们联系，我愿以两千元酬谢。有提供线索者我也愿重金酬谢。

　　　　联系人某某某

　　　　电话……

　　　　呼机……

　　失者心情，跃然纸上，狗在其生活中的分量

和地位也已在字里行间，用不着再说什么了。这只京叭，在失者心目中，已不是普通的狗，它的价值，也不能再以狗论，否则能那样地"焦急万分"、"重金酬谢"吗？这使我想到了一些身边的养狗人，他们对狗的亲情，常常令人不解，每天早晨狗们"放风"的时候，"娇娇"，"丽丽"，"青青"，"宝儿"……唤声不停，不是有那只狗在，还以为是在唤他们的孩子呢。

本人不养狗，也不恨狗。依本人愚见，狗就是狗，畜牲而已。人类尽可以为我所用，该派什么用场就派什么用场，可以杀肉吃，制作皮衣，可以看家护院，可以做军犬警犬，也可以养着玩儿，只是不要太肉麻、太婆婆妈妈了。"马牛羊，鸡犬豕"，六畜都是人类的朋友，它们对人类有恩，人类对它们也有恩，不是人类的豢养和保护，它们也不会有如此庞大的家族；豺狼虎豹，哪一个不比狗厉害，为什么如今都面临绝境，就是人类在很长时间没有把它们当朋友，它们也没有得到人类的保护，因此才一个一个地濒临灭绝了。世界上最厉害的还是人。

话扯远了，还是说狗吧，就在人们闲谈中，本人也听到了另外一些情况，就是那位对狗特别有爱心、天天为狗洗澡、为狗策划食谱、抱着狗去医院打针看病的某夫人，对待她的婆婆却出奇得不好，致使她的婆婆说："请把你对狗的爱心分给我一点儿好吗？"也是那位夫人，在居委会组织为灾民捐献的时候，一毛不拔，却肯花上百元买狗装。这样的事、这样的人，也许是很个别的，不过时下把狗作为宠物，对狗投以极大热心，而对社会上应该关心的事情却表示极大的冷漠的人，却不是很个别的。西学东渐，看来，"狗道主义"真的来了。

1997 年 6 月

权令智昏

才智加权力，才有可能成就一番事业。唐以后实行科举考试，就是要把权力交给有才智的人。

权力可以使一个人的才智得到尽善尽美的发挥，但权力并不能给人以才智。说一个人一当官就聪明了，不是马屁话，就是混账话。恰恰相反，权力却常常泯灭一个人的才智。官场上权令智昏者，并不少见。有的人没有做官的时候，很有见解，很有思想，一二三，甲乙丙，ABC，说起来，头头是道，一旦做了官，有了解决问题的权力，该着他拍板定案了，他却反而没有主意了。有的人，有权的时候，浑浑噩噩，庸庸碌碌，一事无成，一旦离退休了，从官位上下来,没权了，却"明白"了许多。

权并不可怕，可怕的是，权能把一个人的生活空间和周围环境改变。本来只是很平常的见解，或者是连见解都谈不上的见解，只因为是官，有权，就有人随声附和，欢呼鼓掌，就有人说如何如何地正确、伟大、英明；本来是错误的见解，片面的认识，因为是官，有权，就没有人反对，没有人敢说不同的意见。权力可以使正确的东西得到发挥，也可以使一个人在错误的道路上越走越远。

一个人当了官，就像孙悟空有了七十二变的本领，什么头衔都有了，又是军事家，政治家，又是理论家，书法家，又是学者，诗人，又是……本来也是说话出气、拉屎放屁、咳嗽吐痰、睡觉打呼的普通人，一旦有了权力，就被涂上油彩，罩上光环，成了神仙。世上只有神仙最好当，谁见过神仙因为动脑筋想问题而失眠睡不着觉的？

《西游记》里本领最大的，不是孙悟空，也不是猪八戒，而是观世音。孙悟空遇到难处，常到上方找观世音。只要菩萨一来，就会逢凶化吉，遇难成祥，妖怪降服，魔鬼归天，万事大吉。其实，也没见观世音怎么费劲儿，她只是嘴里念叨念叨，手指头比画比画，一切问题就解决了。原因就是观世音有权，天上人间，都归她管。如来佛比观世音更行，他连屁股都不用抬一下，就把唐僧一伙打发了，孙大圣一个跟头十万八千里，没出如来佛的手心。没别的，就是权力忒大。而权力越大，需要的才智越小。只要到了那份儿上，白痴傻瓜都能当佛爷。

1998 年 8 月

没 味 儿

　　小的时候，妈妈偶尔为我打个鸡蛋、下点儿挂面，临了，滴点儿香油，掐根香菜，满屋都是香的；邻居大妈炒芹菜，隔着墙，就能闻见。

　　如今，什么都变得没味儿了。香瓜不香，西瓜不甜，桃没桃味儿，梨没梨味儿，苹果吃嘴到里像面瓜；一棵芹菜能长二斤重，三块钱买一棵，回家一炒，像黄瓜；春节期间，香椿就下来了，够早的，八块钱一小把，够贵的，回家一吃，无论是炒鸡蛋，还是炸香椿鱼，全没香椿味儿。邻居老张从超级市场买回一只肉鸡，夫人一看就恼了："我说过多少遍了，吃鸡去自由市场买柴鸡，不买肉鸡，肉鸡没味儿，你怎么就是不长记性呢？"鱼，比过去多了，个儿也大了，说来也怪，就是没有过去腥了，而且吃到嘴里没有咬劲儿，有点儿像豆腐渣……

　　"旧书不厌百回读"，几部古书，翻了一遍又一遍，就像含了一棵槟榔，越嚼越有味儿。再看看现在出的小说，怎么也看不下去，"裹脚布，长又长，哩哩啦啦入梦乡"，看着看着就睡着了。

难说究竟有多么不好，就是觉得没味儿。看电视剧，有些一看开头就知道结尾，可是一演就是几十集，故意要往长里拉。艺术是讲夸张和简捷的，意思到了就行了，比如京剧的哭，说一声"苦哇——"，演员一抬手，一抹眼，就是哭过了。现在电视剧里的哭，真比去了八宝山还邪乎，有的演员一哭就是几分钟、十几分钟。还有接吻，本来也是意思一下就行了，现在有的电视剧，没完没了地啃。节奏缓慢，情节掺水，像吹肥皂泡，五光十色，一个又一个，编剧的本事似乎就是看谁吹的肥皂泡多。当然不能说所有的电视剧都不好，好的太少，多数像吃没加糖精的爆米花，像喝白开水，像嚼蜡，一言以蔽之，没味儿！

现在种菜都是用塑料大棚，催生催育，长得快，熟得快，抢市场，多卖钱，尚可理解，精神产品为什么也要催生呢？

不管蔬菜，还是水果，越是含水分多，越是不好保管，越是容易腐烂，这个道理，不知是否也适用于那些催生出来的精神产品？

当我和一位朋友说起"没味儿"的话题时，他说"关键是人没人味儿了"。我十分愕然，怎么能是这个样子呢？

1998 年 8 月 18 日

假如有这样一个特区

假如的事情和实际发生的事情，相去甚远。有些假如的事情，永远也变不成实际发生的事情。因此，对于假如的事情，用不着提前忧虑，也没有必要过早高兴。

在下的这篇《假如有这样一个特区》的"假如"，便不过是假如、假如而已。

那么，"假如"的"特区"该是什么样子呢?

围墙当然要高，天上、地下、水面的交通全部禁绝，就像世外桃源那样，只有一洞，可驾小船而入。黑洞洞的门口，当然要有红卫兵站岗："不会背三条语录者，不得进城。""不会用语录交谈者，不得进城。"如对方说"为人民服务"，你要接着说"完全彻底"；对方说"团结紧张"，你要接着说"严肃活泼"……这样才可以保持浓浓的政治气氛。抬头、低头，上床、入厕，才能时刻不忘"政治是压倒一切的"，资产阶级的香风臭气才能半点儿也刮不进来。

早请示，晚汇报，当然不可少。工人上岗，

商店开门，学生入校，先要向伟大领袖宣誓："坚决忠于……"、"誓死捍卫……"、"头可断，血可流，××××××不能丢"，这样才能让领导心里踏实，大家心里平和。经常说一句"向×××保证"，其他都万事大吉！

着装当然是统一的，男人中山装，女人列宁服，黑、蓝、灰、白、绿，五色足矣，足矣！红颜色可以上戏剧舞台作演出服，花衣服就算了吧，那东西对男性太刺激，引起性冲动太麻烦，太麻烦！

劳动的时候，当然要排队入田，一切听从号令。叫你插秧，就插秧；叫你施肥，就施肥；叫你站着，你不要蹲着；叫你蹲着，你不要趴下。产量你不要管，是否科学，你也不用担心，反正是"宁要"咱们的草，"不要"他们的苗，"政治第一"，怎能用生产压政治？

吃的、用的，当然要按老规矩办。粮食每月三十斤，油三两，肉四两，肥皂一条，洗衣粉一袋，红糖三两，白糖二两，节假日加供麻酱三两，粉丝二两……粮店、副食店，派出所的同志辛苦点儿，核实户口，发粮票、布票、油票、肉票、糖票、鸡票、蛋票、排骨票、带鱼票……老太太不识字，那好办，把猪、羊、鸡等都印在票上，来个"看图识票"……当然，没有差别就没有政策，不要忘了给产妇加二斤红糖，给医院的病号发"特供本"……遇到特殊情况，也好办，火柴紧张，卫生纸紧张，食盐紧张……拿本来，按副食本供应。吃什么，用什么，都按计划行事，除了数量少一点儿，质量差一点儿，别的没得说。

商店嘛，当然是非国营即集体。"只此一家，别无分号"，官字号的买卖，售货员多神气！一种商品，一个价格，一个面孔，一种声音，一以贯之，全国处处皆如此！个体户，自由贸易，那玩意儿时时刻刻产生资本主义，不能要，就是老爷子在房前屋后种的瓜种的菜，老太太养鸡下的蛋，也不要拿到市场出售，那样会黑了心肝，坏了肠子。

业余生活，当然也要突出政治。看样板戏，唱革命歌曲，背"老三篇"，斗私批修，研究阶级斗争新动向，够丰富多彩的了！斗走资派嘛，就算了，因为凡是愿意到这个特区的，都是政治上消过毒的，当然，挨批，挨斗，要低头、弯腰、飞机式……老规矩，都知道。

假如有这样一个特区，就把那些"左"得出奇的人都请出去。对改革开放的事情，他们不是这也不顺眼，那也不放心吗？他们不是说，多一个三资企业就多一份资本主义吗？他们不是到深圳就想大哭一场吗？好了，只要到了这个特区，他们的问题都迎刃而解。只是穷一点儿，苦一点儿，单调一点儿。彩电没有，冰箱没有；鱼不能养，鸟不能喂，迪斯科不能跳，太极拳不能打，流行歌曲不能唱，时装表演不能看，歌厅、舞厅、咖啡厅、卡拉 OK、健身、美容、桑拿浴……都只能是梦中的事。穷过渡嘛，就是这样子的！

谁愿意到这个假如的"特区来"？

欲者从速，名额有限！户口可是限制得很死的哟！

估计有些嘴上很"左"的人，实际上并不一定肯到这个"假如"的"特区"去生活，因为他们对自己是很讲实惠的，就像有些一天到晚骂别人是"洋奴"的人，自己却偷偷地把子女一个个送到国外去一样。

如果没有人愿意来这个"假如"的"特区"，那也好，这或许就是实行改革开放政策的最大成功吧！

【原载 1998 年《方法》】

不要让屁股指挥脑袋

　　"不要让屁股指挥脑袋"，是袁庚同志的名言。

　　袁庚同志是深圳蛇口工业区的创建者、领导者，改革开放初期的名人。如今的深圳蛇口工业区已是工厂林立，交通发达，一片欣欣向荣景象，这就是袁庚同志交给共和国的答卷，交给改革开放的答卷。凡是为人民的事业作出过杰出贡献的人，人民是不会忘记他们的!

　　"不要让屁股指挥脑袋"，是袁庚同志从实践中总结出来的。1973 年，他从监狱出来以后，时常骑自行车外出，途中常被擦身飞驰而过的汽车吓出一身冷汗，因此心中对驾驶员的举止大为不满，当时他的屁股是坐在自行车上;后来安排了工作，成了领导，上下班车接车送，往往越是着急，汽车越是因为自行车挡路抢行而难以正常行使，因此他又对妨碍交通的骑自行车人大为不满，这个时候他的屁股已坐到了汽车上。袁庚同志从此总结出，作为一个领导者，脑袋不能跟着屁股转，不能骑着自行车骂汽车，坐了汽车骂自行车。为了防止这种倾向的发生，他对当时《蛇口通讯》的总编辑说："报纸要登批评文章，特别要登批评领导的文章。"目的就是要防止领导者的官僚主义、主观主义和片面性，也就是防止领导的脑袋让屁股指挥。

屁股指挥脑袋，说起来很怪，其实却经常发生，只是人们见怪不怪了。指责别人主观主义的人，自己却在奉行着更为严重的主观主义，反对别人片面性的人，自己却是从另一种片面性出发的。大礼堂作报告讲一种话，会议室开会讲一种话，酒席宴上讲一种话，回到家里又讲一种话，关键在于他们的屁股坐在哪里。因为他们的原则，不是产生于脑袋，而是产生于屁股。屁股指挥了脑袋。这样的人如果是一般的百姓，倒也罢了，如果是一级领导，一方的头儿，那就坏了，后果可想而知。

不让屁股指挥脑袋，无疑是要取决于一个人的思想觉悟，理论水平，素质修养，但同时也取决于周围环境、舆论监督和制约机制。究竟是让脑袋指挥屁股呢，还是让屁股指挥脑袋呢？不少地方舆论传媒并没有搞清楚，或者说还不敢对那里的领导实行监督。常常是领导的屁股坐在哪里，舆论传媒的屁股跟着坐在哪里，领导的脑袋让屁股指挥了，舆论传媒的脑袋也让领导的屁股指挥了，一切唯领导的屁股是从。当领导骂自行车的时候，他们跟着骂自行车，当领导骂汽车的时候，他们跟着骂汽车。既没有自己的脑袋，又没有自己的屁股，作为舆论传媒，哀莫于此。

一个领导者在位的时候，听不到不同的意见，更听不到反对的意见，他们的屁股坐歪了，没有人提醒他们，他们的脑袋被屁股指挥了，也没有人敢说，这才是最可怕、最可悲的。

袁庚同志主张公开批评，提倡舆论监督，后来在蛇口演变成了这样一句著名的格言：

"我不同意你的观点，但我誓死捍卫你发表不同意见的权利。"

1999 年 6 月

《颂屁》续篇

　　《笑林广记》"颂屁"，本人特喜爱，有续文两篇，现连同原作一并献给读者：

　　一士死见冥王，自称饱学，博古通今。王偶撒一屁，士即进词云："伏帷大王，高耸金臀，洪宣宝屁，依稀乎丝竹之声，仿佛乎麝兰之气，臣立下风，不胜馨香之味。"王喜命赐宴，准与阳寿一纪。至期自来报到，不消鬼卒勾引。士过十二年复诣阴司，谓门上曰："烦到大王处通禀说十年前做放屁文章的秀才又来了。"

　　续一：

　　八百年间，生死轮回，荣枯反复，秀才除博古通今，又练得圆滑世故，应变自如，且掌握了一些新知识，新手段，学会了一口新名词。

　　这一日，士又见冥王。原来故人，冥王甚喜，旋即"金臀高耸"，只等此屁一放，听秀才马屁文章。秀才即一捋胡须，一眯双眼，搜肠刮肚，调动灵感，准备做"颂屁"新章。无奈冥王昨日没人宴请，夫人只以稀粥下肚，这屁是左等也不来，右等也不来，冥王气急败坏，刚要把屁股放下，只见秀才灵机一动，拿出摄像机曰："大王，莫动，此态真乃千古一绝，立意新，造形美，线条流畅，可雕可塑，可以传世矣。古来放屁者众，但有大王之姿势者，千古一人，千古一人耳！"冥王刚才之懊恼，一下子烟消云散，心里又是美滋滋，晕乎乎，于是晃动着乌纱对秀才曰："妙，妙，妙哉！妙哉！尔今进步不小，有屁可以做出颂屁文章，无屁即可以做出颂屁股文章，再与尔阳寿一纪，去吧，去吧！"

续二：

秀才得寿，刚要离去，转身却见门旁小鬼，也撅着屁股，学冥王放屁状。秀才曰："上行下效，有其主必有其奴，妙！妙！"无奈冥王屁股放下时，小鬼低头未见，所以一直高举不落，待秀才走近，"咚"的一屁放出，秀才为之晃动，霎时臭气熏天，秀才刚要掩鼻，只见小鬼一脸微笑，似乎也想听他的颂屁文章。"相府门前七品官"，小鬼亦得罪不得，只听秀才曰："好屁！好屁！大有高山擂鼓之音，若与冥王丝竹之音相谐，上下结合，为交响乐，为圆舞曲；况贵气中含氮、含胺、含一氧化碳，可以做肥料，可以做炸弹，一旦能量释放，必然成为攻打一切之利器哉！"小鬼听罢，虽面有喜色，但仍不甚满足，于是对秀才说:"先生可知道,本人这一屁是作了充分准备的,昨天晚上吃了五碗米饭,两碗红烧肉,外加四斤烤红薯,两碗炒黄豆,喝了三瓢凉水,只为今天一屁,想先生能有惊人之笔!谁知一般,一般!"秀才听罢,晃了晃脑袋,曰:"原来如此,阁下为一屁,而历尽艰辛,准备充分,精神可佳。又阁下深得酝屁之妙,精通酿屁之理,也是天下一绝。若加以总结,归纳提高,逻辑推理,妙笔生花,写成《屁经》,拿给某报发表,定是传世之作。"小鬼于是欣然得意,面露笑容,连声说:"先生请,先生请!"秀才跨出门外,小鬼跟送出来,对秀才说:"十二年以后再见!"秀才眉头一皱,附耳对小鬼曰:"只是阁下再有'佳作'时,千万和学生早打招呼,现在还有点儿恶心呢!"

1999 年 10 月 1 日

有人给右派上课

　　看过一本《吹牛术》的书，介绍了不少吹牛的方法和诀窍，也介绍了一些千古一吹的典型。不过有一点，好像被作者忽略了，那就是，吹牛要事后吹，不要事前吹。事后吹，反正事情过去了，怎么吹都可以，事前吹，则大有危险，万一事情和吹的不一样，岂不是漏了馅儿？牛皮吹破，叫人笑话。事后吹，虽有"事后诸葛亮"之嫌，但既然是诸葛亮，就是圣人，谁还管他事前事后！

　　本人的这一点儿浅见，是最近在某家报纸上读一篇给秦桧翻案的文章作者顺便说到右派时得到的。作者的意思是，当年的右派们太没骨气，都是些稀松软蛋，他很不以为然。他说："说到右派，我有一个想法，一直还没有表达出来，我读过很多'前右派'们写的东西，都说自己被'错划成了右派'，都为自己终于被摘了右派帽子而感恩戴德。换上我，一定会说：'我就是个地地道道的右派，你们没有划错，更不必为我摘帽。'"看得出，他是拍着胸脯、跺着脚跟在给"前右派"

们上课的。慷慨激昂，落地有声，豪气十足。

好多年没有这样听人痛快地给右派上课了。右派"改正"以后，大家（包括那些现如今内心深处还咬牙切齿、耿耿于怀的人）对右派都很客气。真心实意也罢，虚情假意也罢，故作姿态也罢，反正不像前些年那样横眉立目、激言厉色、半点儿面子也不给了。这位先生如果说的是真心话，我倒佩服他的侠胆和直率。当然，我并不同意他的说法，倒不完全是因为我这个"前右派"没有他说的那种"豪气"，而是因为我觉得他太不了解那段历史，也太不了解我们的国情和党情，他是在事后吹牛。

不了解当年反右派和以后改造右派是怎么回事的人，读了这段话，一定觉得特别过瘾："看看人家，真是好样儿的！"再看看我们这些"前右派"，一个个稀松软蛋，当年怎么就没有一个敢像人家那样的英雄，就没有一个敢说几句硬话呢？要是有那么几个"右派英雄"活在今天，该是多么好啊！

仔细一想，不对了。这位仁兄，不是"前右派"，他的豪言壮语说在 1999 年，离反右派的 1957 年，差不多已经过去了半个世纪，离右派改正的 1979 年，也已经过去了二十多年。反右派、斗右派的时候，有没有他？不知道。右派们被受非人折磨、用"名牌右派"戴煌先生的话说——
"九死一生"的那些岁月，不知道他"猫"在哪里
过光景？如果他和"前右派"们的年龄差不多，
更不知道他当年是怎样对待右派们的？生活中有
那么一种人（数量很不少的），当年反右派的时
候，意气风发，斗右派的时候，心黑手狠，后来
右派被专政的时候，他们更是立场坚定，旗帜鲜
明，视右派如狗屎，如苍蝇，可是右派们一"改
正"，有的右派当了权，有了势，有的右派发了
财，有了钱，这些人则一夜之间都成了右派的
"朋友"，而且据说，他们当年都是"同情"右派
的，都是"差一点儿也被划成右派"的。就像
"文化大革命"，十一届三中全会以后，大家都成
了"文革受害者"，当年那样一场被称为人类浩劫
的运动，死了那么多人，毁了那么多家，残了那
么多身，连国民经济都到了"崩溃的边缘"，竟不
知谁是罪人，谁是坏蛋，谁是受益者，好像除了
"四人帮"之外，谁都没有责任，谁都没有罪过，
谁都不会因为过去的事情而脸红心跳，也不会影
响提拔重用。有些人真的太健忘了，健忘得让人
害怕！每当想起这些，我心里就犯嘀咕：人不要
脸，怎么什么事都干得出来呢？

不过，不管怎么说，应该承认，那位给秦桧翻
案时顺便说到"前右派"太稀松软蛋的仁兄，还

是很会讲话的。若以吹牛论，得承认他选的时间好，要是在几十年以前，右派作为"黑五类"、阶级敌人的时候，他说这种话，可真要吃不了兜着走。那个时候，不要说同情右派、公开为右派说话的人没有，就是偷偷地给右派们送个和善的目光，说一句"右派也是人"——困了要睡、饿了要吃、孩子要养之类合乎天理人情的话的人，也是不多的。今天活着的右派，对于当年为自己说过真话、讲过人话的人，是绝对不敢忘怀的。滴水之恩，当涌泉相报。有些右派，改正的时候，没有落泪，倒是提起当年给自己送过温暖的朋友、病了的时候肯让自己上热炕头儿的老乡会热泪盈眶、泣不成声。若是有上面那位给秦桧翻案的仁兄为右派们当年讲些有骨气、有胆量的话，今天的"前右派"们不知道要怎样地感谢他呢。可惜，可惜，太晚了点儿，时间竟是 1999 年，快到下个世纪了。我想再过几十年，再有人讲这种话，"效果"会更"好"，因为到了那个时候，右派们都死光了，像我这种能写这种文章的"前右派"也没有了。到那时，再拍着胸脯说大话，再骂"前右派"稀泥软蛋，岂不更显得自己英雄？

对讲到"前右派"该如何如何，而且一讲就激动得了不得、嗓门儿至少提高八度的人，本人不敢恭维。因为本人确实是个一般又一般、普通又普通的右派，确实是曾被右派帽子压弯了腰，被强大的人民民主专政吓破了胆，被二十二年的苦日子吓丢了魂，被阴风冷冷的人际关系伤透了心，至今提起来，还两条腿发软，头发根儿发麻，脊梁骨冒汗的人。当时不要说叫我讲那些豪言壮语，就是见了那些真左派也好，假左派也好，我是连大气都不敢出的。"你们是阶级敌人，只能老老实实，不能乱说乱动，再有事，要新老账一齐算，罪加一等。"这些话可不是说着玩儿的，各种文件和法律条文都写得明明白白。跟我在一起的右派弟兄，有饿死的，有被打死的，有被枪毙的，有自杀自残的，有至今还神经的，真真切切，确确实实，不敢妄言，开不得玩笑啊！

可能是我这个人太没出息，胆量太小，这方面的顾虑太多，不过我看那些"大右派"（只是我心目中的"大"）也是如此，邵燕祥先生出过一本书：《人生败笔》，副题是"一个灭顶者的挣扎实录"，他说："在我，无论违心地或真诚地认罪，条件反射地或处心积虑地翻案，无论揭发别人以划清界限，还是以攻为守地振振有词，今天看来，都是阿时附势、灵魂扭曲的可耻记录。"只是"今天看来"，才有如此认识，当年呢？他那样的人，不是也够窝囊的嘛！还有大家都知道的、已经故去了的顾准先生，学术上，被人称为是一个领域

里的先躯，他对中国经济发展的论述可谓有胆有
识，而且被后来的发展证明他是对的。然而他也
有"稀松软蛋"的一面，他在《日记》一书中，
把 1969 年 11 月 20 日的日记叫"新生日记"，"是
为了三期学习班上，决心转变立场，跟毛主席继
续干一辈子革命"。二十二天以后，他又说："从
此以后，我要以罪人和敌人的赎罪心情，继续革
命下去。"1969 年是什么岁月呢？以顾准之人格，
未必会写假日记，糊弄当时的队长。他是真诚的，
但也是窝囊的。

是这些人没有勇气，没有胆识，或素质不高
吗？是这些人不会说豪言壮语吗？对于一代人的
不幸，对于一大批"被侮辱与被损害的"灵魂，
绝对不是几句牛皮大话所能说得清楚的。右派是
一个悲剧性的群体，那个时候，每个人的灵魂都
是脆弱的，颤抖的，悲伤的，若是出于和善心肠，
想要安慰一下死了的和活着的"前右派"们的受
伤心灵，拍着胸脯说大话，等于撅着屁股放屁，
没用的。

1999 年 12 月

多多先生记

并不知道"多多先生"张姓李姓，年庚多少，祖居何处，家庭状况，婚史如何，只知道人们叫他"多多先生"。

"多多先生"，一个多么好听的名字！许许多多的人不是都喜欢多多吗？房子要多多，金钱要多多，子女要多多，权力要多多，情人也要多多，白天干的是多多事，夜里做的是多多梦。

"多多先生"是位干部，从基层"爬台阶"上来，管过农业、工业，做过行政工作，也在事业单位里待过。别看他这个级别的干部在京城一抓一把，但在他领导的那个地方，却牵一发动乾坤，是"说话算数的"。"多多先生"，政治可靠，思想稳重，作风正派，生活严谨，工作认真。穿衣戴帽，传统大方，待人接物，朴实无华。他的最大缺憾是眼睛高度近视，既看不清前方，又看不清脚下。"多多先生"最爱说的一句话是："多点儿好，人民的事业，多一点儿总比少一点儿好。""多多先生"善鼓动，北京人叫"煽呼"，做不到的事儿，经过他的嘴，人们一听，也过瘾，也来神儿，来劲儿。

"多多先生"早年参加过"工业学大庆"、"农业学大寨"，经历过"大跃进"、"放卫星"，高举过"三面红旗"，至今说起"超英赶美、跑步进入共产主义"、"人有多大胆、地有多大产"之类，还是眉飞色舞，意气风发，豪情满怀，斗志昂扬。虽然有些事情给后人留下的不是福气，是秽气，但人们还是能体谅"多多先生"的良苦用心：一个心里想着人民的人，人民是永远都会原谅他的（包括他的缺点和错误），永远都会爱他的（包括他那常常误事的近视眼）。

"多多先生"出身贫寒，苦水里长大。虽然他并不主张安贫乐道，也不愿意做一辈子苦行僧，但他对于受苦受难却表现出了惊人的毅力和决心。与其说他不愿意受穷，还不如说越是贫穷才能越是显示出他的"英雄本色"。大概正因为如此，"多多先生"过不了富日子，只要一富裕（其实也不是太富裕，只是稍稍地不饿肚子罢了），他就要折腾，就要忙得不亦乐乎。"多多先生"不能有钱，一有钱，神经就不安分。"多多先生"的逻辑是：一个钱办五个钱的事情，五个钱办十个钱的事情，十个钱办百个钱的事情……老是绷得紧紧的。他的惯性思维是：人无压力轻飘飘，挺一挺就过去了；像老外们那样，五个钱，办三个钱的事情，剩下两个钱，吃吃喝喝，旅旅游，泡泡桑拿，享受享受，滋润滋润，他看不起，更不肯为。几十年了，"多多先生"从未说过"日子好过了，大家可以松一口气了"。

改革开放以后，"多多先生"在某啤酒厂当厂长。原来这是一家亏损破烂的小化肥厂，经过多多先生动脑动手，改造成了啤酒厂。开头的时候，年产千儿八百吨，赚个两三万块钱，日子挺好过。于是，"多多先生"坐不住了。他想啤酒大有可为，必须大干一番，于是，以后啤酒的产量，不断翻番，一千吨变成两千吨，两千吨变成五千吨，五千吨变成一万吨，一万吨变成两万吨，两万吨变成五万吨，五万吨变成十万吨，十万吨变成二十万吨，二十万吨变成五十万吨……而今"多多先生"领导的啤酒厂已是赫赫有名的啤酒大厂。然而啤酒厂的日子并不好过，生产发展了，工人的待遇没有提高，住房没有解决，困难一大堆。最让"多多先生"头痛的是，银行的贷款如泰山压顶，天天都有"穆仁智"之类讨租要账。"多多先生"睡不着觉的时候暗暗盘算，就是把现在的啤酒厂变卖了，也还不起银行的贷款，这些年究竟干了些什么呢？外面人看起来，轰轰烈烈，肥得流油，其实，有的时候连工资都发不出。

退下来以后，"多多先生"真的老了，背驮，腰弯，秃头，白发，眼花，耳聋，额头上爬满皱纹。但他的思路，却一点儿没变，说起话来，还是慷慨激昂，"言必多多"。

"多多先生"一生，自己累，跟他的人，累，当地百姓，也累。这么多年了，他都没有认真总结一下自己，不知道人们为什么叫他"多多先生"。

2000 年 3 月

越来越弄不明白的书法家

看了苏叔阳先生的《越来越弄不明白的"书法"》一文（1999年11月9日《今晚报》），我也有些想法和看法。不过我没有苏先生那样的功底和水平，字写得不好，也没有研究过书法。只是凭着我的感觉（或者说是审美观念）来判断谁的字写得好看，谁的字写得不好看。比如说，那些写得抻胳膊拉腿、里了歪斜、七扭八歪、结构松散的，我就认为不好看，当然也就不喜欢。早些年，出于这样那样的原因，有幸参加一些社会活动，接触过一些知名书法家，如启功、董寿平、王遐举、刘秉森等，他们的字都写得好，我说不上好在什么地方，只是看着心里舒服。

这些年，世道好像变了，就像苏叔阳先生说的，"越来越弄不明白"，"书法"究竟以何为贵？除了书法本身的原则之外，似乎又加进了一些其他的东西。比如，有的单位，原来的门匾啦，条幅啦，刊头啦，都是不错的，有的还是出自名人、准名人之手，曾几何时，却变成了现任领导的"书法"。有点儿像"文化大革命"时风行一时的挂毛主席像，要抬头看见毛主席，低头看见毛主席，工作看见毛主席，休息看见毛主席，以至连厕所里都挂着毛主席像。现在的这些机关，则是到处都是现任领导的题字，就像食堂里老是米饭馒头、馒头米饭，贫乏、单调，倒胃口。也像舞台演出，梅兰芳的《霸王别姬》，马连良的《空城记》，程彦秋的《荒山泪》，赵燕侠的《红娘》，以至侯宝林的《戏剧与方言》，马季的《打电话》，名家的表演，让人百看不厌，百听不烦。换成二三流的、不入流的或业余的演员，也天天让人看这些节目，能不烦吗？

　　谁是领导谁就是"书法家"，不少单位皆如此。其实一个人当不当官，当多大的官，当清官还是当赃官，都与书法没关系。除了书法协会以外，任何部门选拔干部，都不会把书法作为提拔任用的条件。一个人，不会因为当不当官，决定他的字写得好还是不好，这是谁都懂得的道理。不过，事实上却不完全是这样。在有些单位里，有的人当年坐在台下的时候，从没有想过自己的字写得如何，也从没人请他写过字。而一旦到了台上，特别是坐到了一号领导的位子上，似乎就理所当然地成了书法家。"一跃龙门，身价十倍。"权力就像一个无所不能的变速器，只要有了权，不会唱歌的会唱歌了，不会跳舞的会跳舞了，不会讲话的会讲话了，不会写文章的会写文章了，不会写字的，自然也就会写字了。一夜之间，跳蚤成龙种。

当然，造成以上现象，原因也不完全在领导。领导周围不是有那么一批马屁精吗？他们很会琢磨领导的心思，知道领导喜欢什么，平时找不到吹喇叭抬轿子的机会，一经发现领导爱写字，于是想方设法、提供条件让领导"发挥"，并且赞不绝口，什么这一笔像羲之，那一笔像小柳，这个字有米南宫的底子，那个字有颜真卿的功夫，草得像张旭，怪得像板桥，云山雾罩，吹的与被吹的都忘乎所以。有些官员还用自己的权力，很有兴致地办什么"书法沙龙"、"书画院"、"书法大展"，有些人还把自己的字展到美国去，就像农村唱戏的草台班子，随便纠集几个人，锣鼓一敲，喇叭一吹，自己就成了主角。当然，这样的书法和书法家，几乎百分之百都是短命的，一旦离开了领导的位子，不当官了，或离，或退，或调出，或死掉，或犯法入狱，原来那些马屁精，就会以更加迅雷不及掩耳之势，一夜之间，把领导的"书法"全部抹掉，凿掉，拿掉。有些领导即使是渐渐地退出历史舞台，而他的"书法"也一定比他在其他方面的影响消失得更快些，更早些。

　　领导写字与经济挂钩，是近几年的事。这是一个没有规则的、暗箱操作的"市场"。大家心里明白，只是不说而已。这样的操作，领导当然不必亲自出面，那是多么多么地不好意思呀！秘书、阿姨、夫人可以代劳，手下的亲信也可以代劳，先把钱收下，记在小本上，一定的时候，领导会"关心过目"的。总之，大家都心里有数，不知谁在玩谁，谁跟谁玩。当然，并不是所有的领导都暗箱操作，有的领导写了字以后，你把钞票递给他，他会泰然地说："好，按劳取酬嘛！"这样的领导多数都以为自己真的是书法家，他的字真的可以卖钱。这样的书法家，有时还真的把自己的字送到拍卖行去参加拍卖，只是报价之低，竞拍冷清，场面尴尬，不好意思，还是不说了吧。说了，领导该脸红了！

2000 年 4 月

　　附记：文章刚刚画上句号，即从中央电视台传来了原江西省副省长胡长清贪污受贿的消息。此公原来既是官员，又是"书法家"，南昌市的酒店、商场、汽车站、夜总会、药铺……到处都有他的题字。这些天，南昌人正忙着铲字，以一扫贪官之秽气。据说胡在位的时候，南昌的百姓中就流传着这样的顺口溜儿："东也湖，西也湖，洪城上下古月胡；南长清，北长清，大街小巷胡长清。"可见其题字之多。胡的一位"文友"亦曾这样调侃他："男厕所，女厕所，男女厕所；东写字，西写字，东西写字。"意思是说他不是个东西。当然，胡长清题字也不是义务劳动，他每次收费三千元至六千元，和北京我知道的那位价码儿差不多。本人这篇文章本不想提谁的尊姓大名，无奈飞来个胡长清对号入座，只好"多此一笔"，是为附记。

李斯的"老鼠哲学"

　　李斯是荀况的学生，学业未成，就要求到秦国去发展。荀况问他为什么要这样做？李斯向老师讲述了他的"老鼠哲学"：

　　古时候，乡间的厕所都是又深又大的坑，上面搭些木板条石，人蹲在上面大便。大便落在坑里，发出"咚咚"的响声。一次李斯大便时，看见一个又瘦又小偷着吃粪便的老鼠被他的"咚咚"声吓得惊慌而逃。早年，李斯去过粮仓，看见粮仓里的老鼠又肥又大，它们大模大样地吃粮食，见了人一点儿也不害怕。于是李斯悟出了这样的道理：同样是老鼠，原来就是因为它们所凭借的环境和条件不同，一个是又瘦又小，见人就跑，一个是又肥又大，见人不避。李斯对他的老师说，秦国是"米仓"，到秦国去做事，很快就可以"胖"起来。

　　不知是荀况老师同意了李斯的要求，还是李斯被荀况老师开除了，事实是，李斯从此去了秦国，并在秦国做了宰相。

李斯的"老鼠哲学",被后人广泛应用。"好风凭借力,送我上青云","背靠大树好乘凉"。就时下来说,不只是想当官、想发财的,深明此理,就连"小姐"们都懂得要"傍大款","傍大官","傍大腕儿"。一旦傍上了"大"的,或者干脆做了老"大"的"二奶"、"小三",就像老鼠找到了米仓,很快"胖"了起来。而那些沦落街头的"鸡",整日里贼眉鼠眼,提心吊胆,倒真的像是凭借厕所偷吃粪便的老鼠。

反贪斗争中,从已经揭露出来的案子看,最懂得"老鼠哲学"的,不是别人,正是贪官。越是大贪,凭借的"米仓"越大。成克杰、胡长清要不是当了那么大的官,有了那么大的权(有那么好的"米仓"),能在那么短的时间内就吃得那么"胖"、长得那么"肥"吗?

实践证明,为了维护国家和民族的利益,为了社会主义的光明前程,必须加强民主与法治建设,必须加强监督机制。特别是对那些关系国计民生的重要"米仓",更要加强监管力度,不让老鼠横行。"厕所"之类的地方,虽然也有老鼠,但不会危害国计民生,不必花很大力气。遗憾的是,时下一些地方和单位一点儿也不懂得"老鼠哲学",分不清"厕所"、"米仓",把精力都花在"厕所"上了。而真正的"米仓",却漏洞太多，老鼠们进进出出，大摇大摆，无忧无恐，为所欲为。有的"米仓"已被老鼠盗空，看管者还在酣睡。

2001 年 4 月

重读普里西别耶夫中士

　　普里西别耶夫中士是俄罗斯伟大作家契诃夫笔下的一个小人物。二十世纪五十年代，我读过汝龙先生的译本，颇有体会。近日重读，亦颇有体会。

　　普里西别耶夫中士是沙皇专制时代的一个"低级士官"，当年为沙皇当过差，以"属司令部所管"为荣，后来"堂堂正正地退了伍，做了救火队员"，再后来又"在一个古文高等男校预修班里当过看门人"，算得上是"老革命"了。据他自己说，他是"所有的法律和规章我都懂"的人。按其职业习惯和思维定式，他不许老百姓唱歌、点灯，更不许老百姓三五成群地在一起。他说："唱歌有什么好处呀？他们不干正经事。"又说："一到傍晚就点上灯闲坐着，他们应当上床睡觉才对。"因此，他一本正经地把那些唱歌、点灯的农民记在一张"油腻的纸片上"，并一本正经地、事儿妈似地念给法官听。最要命的是，他一见人们三五成群地在一起，就会"作出立正的姿势，用嘎哑的、闷声闷气的声音"大声断喝"散开"！契诃夫非常辛辣地把普里西别耶夫中士送上了法庭，并把他判了一个月的监禁。原因是一群人围着一具从河里打捞上来的尸体，他断喝人们"散开"，人们不听，于是他动手打了人。在法庭辩论时，他对法官说："可是有了破坏治安的事，怎么办呢？难道能让老百姓胡闹？哪儿有一条法律，说是可以让人由着自己的性儿干？我决不答应。先生！要是我不去赶他们，管他们，还有谁去？"

普里西别耶夫中士虽然已经"退休"了，但他的思想却一直在"岗位"上。最具幽默和讽刺意味的是，当这位刚刚离开法庭，并被判处一个月监禁的中士先生，还"满脑子是阴郁和沮丧"、意识到"世界已经变了，没法再活下去了"的时候："一眼看见农民聚在那儿站着谈笑，就有一种他已经没法控制的习惯使得他作出立正的姿势，逼得他用嘎哑而气愤的声调嚷道：'散开，老百姓！不准成群结伙！回家去！'"

普里西别耶夫中士是个可悲、可笑又有几分可爱、可怜的人物，如果说沙皇统治还有些"群众基础"的话，那么普里西别耶夫中士就是最中坚的一个。他的思想和行为充分证明：一个人在一定条件下，并有过相当长时间的经历以后，是可以变成麻木的工具的。就像故宫里的老太监，大清帝国虽然早就灭亡了,溥仪也早就当了日本汉奸,但老太监心里却总是惦记着晚上该把哪个宫女给皇上背过去,惦记着该是老佛爷洗脚的时候了。

我们身边的"普里西别耶夫中士",不会见到人们聚在一起就高喊"散开",也不会再干涉人们唱歌、点灯之类的事情,但他们的思维方式和职业习惯与普里西别耶夫中士却是一样的。比如说,有些共产党员下海做生意发了财,甚至雇了工,当了老板。有的民营企业家政治上、生活上都很好,本人要求入党,又符合党员条件,被吸收入党,于是就有人非常认真、非常惊诧地说:"我们的党还是工人阶级先锋队吗?"比如说,目前国企改革,有的承包,有的租赁,有的拍卖,有的实行股份制,经济结构发生了变化,国有的成分减少了,民营的成分增加了,于是有人非常认真、非常惊诧地说:"这还叫社会主义吗?"再比如说,有一版《辞海》对"毛泽东"词条,没有说毛是"伟大的马克思主义者";尽管其他的"伟大"都说了,但还是不行。于是又有人非常认真、非常惊诧并且不依不饶地声讨说:"怎么能这样评价毛泽东呢?"

2002 年 7 月 1 日

爱读薄本书

　　总的感觉是，今人读书比古人用力多。此处之"力"，不是脑力之力，而是体力之力。

　　古之书，分卷，分册，薄本，线装，每册以两计；今之书，多是大、厚、重，动辄精装，每册几斤，十几斤，甚乎几十斤。古人读书，手不释卷，是享受，是乐趣，今人若也如此，那手关节非得患劳疾损伤不可。

　　愚性懒，惜力，尤其年老以后，更是怕读大而厚的书。那东西，沉甸甸的，拿，看，都发憷。书架上的薄本书，反而成了愚之"夕阳知己"。

　　读书的目的，无非是学科学，学本领，长见识，找乐子，摆样子。前几个，厚本书，薄本书，都一样。只有对于那些用书来"摆样子"的人，厚本书，无论读，无论不读，都会自我感觉良好（正经是让别人，包括领导、朋友、老师、学生和新搞的对象，感觉良好）；越是没有学问、不懂学问的人，越是以为读厚本书、厚本书多的人学问大。

　　旧社会的蒙学，《百家姓》、《三字经》、《千字文》、《弟子规》等，都是薄薄的小本，极轻，极便利，哪像现在的小学生，背个书包，几十斤重。京剧《二进宫》中李艳妃怀抱的婴儿，就是后来坐了四十八年皇帝的明朝万历朱翊钧，不过那个时候，他并不是怀抱的婴儿，而是十岁少年，托孤老臣大学士张居正和吕调阳为他专门编写了一本教材——《帝鉴图说》，从唐尧帝"任贤图治"到宋哲宗"烛送词臣"，从夏太康"游畋失位"到宋徽宗"任用六贼"，对于历史上的正反经验、教训加以介绍，有理有据，通俗易懂，图文并茂，薄薄一本。中国社会科学出版社出版的《帝鉴图说》（1993年版），厚达三百页，每一节后面都加了长长的"尾巴"，似注、似译、似释、似评，比之正文增加十几倍的文字，薄书变成了厚书。最近看了几本关于清朝文字狱的书，海南出版公司出版的《清代纪实千古文字狱》（1992年版），四百七十页，算得上是厚书了。而1988年黄裳先生在人民日报出版社出版的《笔祸史谈丛》，只有一百零四页，对于清朝文字狱，有评有述，当时有人评这本书是"去而未远，可思可想"。再早之前，1980年，中华书局出过一本《清代文字狱》，只有四十一页，清朝文字狱的主要内容都有了。一般读者（包括我类之人），有这四十一页的薄本书也就够了。最近看到了延边出版社出版的《千古文祸》，精装，十六开，四大本，三千多页，十几斤重，让人望而生畏。

厚本书的泛滥，一个是写书的人越拉越长，短篇变中篇，中篇变长篇，长篇变巨著，拉得越长，越显水平高，学问大，越吓人；也有人说，拉长了多挣稿酬（如今稿酬是以字数计的），其实未必，有些写文章的人，不怎么看重稿酬，他们有比稿酬更丰厚的收入。再一个就是出版商、书商，他们才真是为了赚钱。《红楼梦》，四本变两本，两本变一本；上、中、下三本的《水浒传》、《西游记》、《三国演义》，各成一本。更有甚者，把四大名著合成一本，真有几十斤重。书商们的意图很简单：你买《红楼》不买《水浒》，买《三国》不买《西游》，我将其"绑"在一块儿，没有挑拣余地，看你怎么办；对于那些买书只是为了放在书架上摆样子的人来说，则"正中下怀"，大而厚的书摆着，多有气魄，多够档次。当然，做学问的人，需要厚本书、大部头，另当别论。

明人郑瑄在《昨非庵日纂》中，说到"闲居之乐"时，有这样的得意之笔："藤床竹几，展（辗）转北窗"，"挟册就枕，困来熟睡"……其"挟册"之"册"，定是线装薄本，否则，"挟"也"挟"不动，还谈什么"闲居之乐"？

2003 年 2 月

被凌迟的是灵魂

凌迟处死是封建社会的酷刑之一。明朝正德年间，大太监刘瑾因谋反罪被"凌迟三日"，据邓之诚著《骨董续记》载，按规定凌迟是"四千二百刀"，刘瑾实际挨了三千三百五十七刀，"每十刀一歇，一吆喝。头一日例该先剐三百五十七刀，如大指甲片，在胸膛左右起"，刘瑾真还"是条汉子"，第一天受刑后，晚上到宛平县寄监，"尚食粥两碗"。以后两日，受完此刑，京城里，一些和刘瑾仇深的，争食其肉。对死刑犯，或枪毙，或砍头，或电刑，一死而已，这是现代的做法。封建社会，法西斯主义，不是这样，他们要人死，往往不是要人马上死，而是要人半死不活地受罪。

封建社会除了肉体的凌迟之外，还有灵魂的凌迟，精神的凌迟，思想的凌迟。受此"殊遇"者，大部分是有思想、有抱负、有棱角又不怎么听话的文人学子。

历来的统治者，坐了天下以后，都要"善待"两类人，一类是功臣，一类是读书人。对功臣，像韩信说的："狡兔死，走狗烹；飞鸟尽，良弓藏；敌国破，谋臣亡。"死的多，活的少。对读书人，像秦始皇那样，焚书坑儒的，有，走"凌迟"的路子，今天一刀、明天一刀的，也有。凌迟文人最有"水平"的，我以为当属清朝的雍正皇帝。试举两例：

一是对曾静。曾是吕留良案的要犯。要说骂雍正，曾静骂得最痛快。可谓淋漓尽致，咬牙切齿。他列举了雍正的十大罪状："杀父，逼母，弑兄，屠弟，贪财，好杀，酗酒，淫色，诛忠，任佞。"说他是个"不讲人伦的畜类，凶残不仁的暴君"。不仅如此，曾静还上书川陕总都岳中琪，策岳造反，属于十恶不赦，该凌迟处斩、灭宗灭族。然而雍正处理此案，却说曾静不是主犯，曾静是因为读了吕留良的书才变坏的，吕留良死了半个多世纪了，也严惩不贷，开棺戮尸，满门抄斩。曾静则免死。

雍正为什么要这样做呢？原来他是要对曾静的灵魂实行"凌迟"，是为全国学子树一个"反面教员"。雍正专门编了一本书，曰《大义觉迷录》，把有关此案的资料都编了进去，包括雍正的十道圣谕，曾静被审讯的口供，曾静写过的检讨、读书体会、认罪书，共四卷，十二万言，发到全国各地，"通行颁布天下各府州县远乡僻壤，俾读书士子及乡曲小民共知之"。雍正还要曾静拿着这本书到全国各地去"现身说法"，举行"报告会"，痛骂自己"昔日为禽兽，今日转人胎"。说明自己是怎样改造思想、脱胎换骨、重新做人的。说明自己这样一个本该灭族的重犯之所以能变成一个吃皇粮的观风整俗宣传员，是当今皇上的恩典，他自己正在"灵魂深处暴发革命"。一方面，他天天都是诚惶诚恐地自我批判，另一方面，则是时时刻刻都要感恩戴德，他说："所虑在静者，罪大恶极，虽有自悔自咎之诚，自怨自艾之行，剖心沥肝，亦惟（唯）恐后时不足以补既往之阙，而仰希圣鉴于万一。"曾静把雍正比做自己的父亲，他说："是今日之心悦诚服者，正如赤子无知，被人欺隐其父而寻父，寻父未已而知遇父，遇父而相喜以从父，虽缘性出于意外，梦想所不到，实乃当身之正义。""隐父"、"寻父"、"遇父"、"从父"，对这位胜过亲生父亲的"父亲"，倾东海之水、伐南山之竹，也难尽书其德高恩重，万代千秋。"盖以我皇上道如此之全，德如此之备，不惟居中定制，处一统无外之下者所当服；即龙潜东海，未飞未跃，闻其声教，亦所当归当服。不惟今日宽仁不杀所当服，即按律治罪，置身于极刑重典，亦所当悦服。"曾静还说："明照得清，圣也；大公无我，仁也。"当今皇上是：

"一举而仁圣并尽，此汉唐以后之贤君英主所万不能到，而必独让于唐虞三代之圣君哲后者也。""此静今日所以不徒于语言传闻间，信我皇上之大德同天，乃于当身经历中，亲见我皇上之圣，与尧舜并参也。"雍正以曾静一颗该杀不杀的人头，换来如此歌功颂德，"万寿无疆"，"现身说法"，投小资，赚大利。人们从曾静的"认罪"、"请罪"、"赎罪"的"之乎者也"中，不难看出，这个"问心有愧"的人，在虔诚地、廉价地表白自己、痛骂自己、出卖自己、绞尽脑汁、歌颂当今的同时，他的良心在流血，思想在破灭，灵魂在一刀一刀地被凌迟。只是"敌我矛盾按人民内部矛盾处理"，竟收如此神效。

　　二是对钱名士。钱也是一个倒霉的书生。此人急于钻营，想着早一点儿爬上高枝。雍正称帝以后，大将军年羹尧是个炙手可热的人物，雍正把他调回京城，目的是要削弱他的势力，不知深浅的钱名士写了两首诗颂扬年羹尧："分陕旌旗周召伯，从天鼓角汉将军。"把年羹尧比做周之召伯，汉之卫青、霍去病，马屁拍得很响，不知正犯雍正之忌。在另一首诗里，钱又说："鼎钟名勒山河誓，番藏宜刊第二碑。"怕别人看不懂，他特在诗后注释说："公（指年）调兵取藏，宜勒一碑，付于先帝'平藏碑'之后。"原来在康熙五十九年皇十四子曾带兵进藏，康熙为其立了"平藏碑"。钱名士把年羹尧与皇十四子相提并论，正是撞在了枪口上，到年羹尧治罪时，果有大臣上奏："食侍讲俸之钱名士，作诗投赠年羹尧，称颂功德，极备谄媚……应革职，交刑部从重治罪。"雍正点头，刑部审理以后，认为钱名士按律当斩，族人亦连坐治罪。

极端阴险诡谲又善于一本正经的雍正皇帝，并没有杀钱名士。他说："所犯尚不至于死，伊既以文词谄媚奸恶，为名教所不容，朕即以文词为国法示人臣之炯戒。"雍正怎样"以文词为国法示人臣之炯戒"呢？他出了两个"绝招"，一是发动大批判，要朝中文武大臣凡是在京的，都来作诗，批判钱名士，"记其劣迹，以儆顽邪，并使天下读书人知所激劝"。重要的显然是后面的一句，他要杀鸡给猴看，儆示天下读书人。批钱诗中，不乏作得好的，但多数不好，翰林院侍读吴孝登、陈邦彦、陈邦直因诗作得不好被革职，吴孝登还被发配宁古塔，做披甲人之奴。二是将钱名士革去职务，发回原籍。皇上亲自书写"名教罪人"四个大字，要地方官制成匾额，挂在钱名士家的大门上，并指示地方官每月初一、十五到钱家检查，看看挂了没有，设若没挂，即从重治罪。就是说，皇上钦定，给钱名士戴一顶"名教罪人"的帽子,这顶"帽子",不是无形地戴在头顶上,而是每时每刻都要高高地悬在门上。经历过漫长的"以阶级斗争为纲"岁月的人,都还记得什么叫"戴帽",什么叫"摘帽",什么叫"手提帽",记得为什么"黑帮"们一天到晚、进进出出要举牌子,挂牌子。原来是从雍正那儿学来的。

曾静和钱名士的灵魂被凌迟,不过是多喊了几年"吾皇万岁",多写了一些"认罪书"之类,最后并没有躲过一死。乾隆继位以后,他们二人都被处死了。历史没有给他们"改正"的机会。

2003 年 6 月 20 日

御用文人精拍马

　　文人自命清高，对溜须拍马之类，历来是看不起的。有些人为了人格的独立，宁可躲进深山老林，不食人间烟火，也不愿趋炎附势，为五斗米折腰。当然，做到这一点，也很不容易。首先要有硬骨头，其次要甘于清贫，再次要勇于承受社会的和心理的压力。如果身子又懒，嘴巴又馋，贪财好色，官瘾大甚烟瘾，清高的调门还是定得低一点好。实际上，此类君子让他清高，恐怕他也清高不起来。

　　这里关键是人格独立。没有独立的人格，吃了人家的俸禄，拿了人家的佣金，收了人家的小费，领了人家的红包，能不帮人家说话吗？就像妓女挣了人家的钱，能不陪人家上床吗？所以对有些人，要听其言观其行，嘴巴说的清高，实际未必清高。至于念了多少书，文凭拿了几个，评了什么职称，并不重要。

　　有皇帝在的时候，御用文人多是天才，诗作得好，词填得好，文章写得好，马屁也拍得好。他们的才华，令人叹服。

　　明初的解缙，拜翰林学士，主持编纂《永乐大典》，堪称一代雄才。正是这位才子把妙笔生花的潇洒文章与出口叫绝的拍马诗章同时留给了后人。

　　有一天，早朝过后，朱元璋对他说："昨天宫里出了喜事，你吟首诗吧。"聪明的解缙一听说宫里出了喜事，便知道是皇帝得了儿子，于是开口吟道：

　　君王昨夜降金龙

　　"金龙"二字显然是拍皇帝的马屁，谁知朱元璋却说："是个女孩儿。"解缙马上改口道：

　　化作（做）嫦娥下九重

　　一个"化"字用得多好！"金龙"变成了"嫦娥"，谁知朱元璋又说："生下来就死了。"真是大难题，但是难不住解才子，他笔锋一转，来了句：

　　料是世间留不住

　　"留不住"三字用得更好，不仅回避了"死"字，而且显示了龙种与凡人的不同。朱元璋接着又说："已把她扔到水里去了。"解缙接着吟道：

　　翻身跳入水晶宫

　　再一次把龙种升华，而且与前面的"嫦娥"相呼应。总之，因为是龙种，男、女、活、死，都与凡人不同，马屁拍得到家。显然，朱元璋是开玩笑，解缙却是认真的。身为御用文人，讨得皇帝的喜欢，正是他的本分。还有一次，朱元璋和解缙一起钓鱼，朱元璋老半天钓不上一条，于是命解缙作诗，解缙稍加思索即吟道：

数尺丝纶落水中，

金钩抛去永无踪。

凡鱼不敢朝天子，

万岁君王只钓龙。

朱元璋听了得意扬扬，本来钓不上鱼来心中烦恼，经解缙一解，反而觉得自己正应该如此。

河间献县的纪晓岚是清初的大才子，乾隆年间进士，做过礼部尚书，协办大学士，总纂《四库全书》，后人评他是"风流倜傥，才华横溢，蜚声中外，一代奇才"。可是此人在拍马的水平、功夫、机敏、睿智上都不亚于解缙。他在这方面留下的传闻甚多，搜集起来，大概可以写成一部大书。有一年我去献县采访，县里的同志告诉我这样一个故事：有一次，纪晓岚陪乾隆到山东出巡，路过献县，他把皇帝让到了自己家里。献县的金丝小枣是有名的，核小肉厚，甘甜异常，掰将开来，能拉出长长的丝。乾隆边吃边赞："这样好的枣子，朕还是第一次吃到。"纪晓岚接着说："这样好的枣子，为臣也是第一次吃到。"皇帝以为纪晓岚不老实，心里甚是不快，沉着脸对纪晓岚说："爱卿生在这里，长在这里，三十岁以后进京，为何说是第一次吃到？欺君枉上是有罪的。"纪晓岚马上跪下禀道："恕臣奏明，臣家乡小枣，广有种植，但此前并无特色，今年出奇得甜美，实是圣上驾临，降福家乡，小枣也变得十分甜美，臣该谢主龙恩！"一席话说得乾隆破怒为笑，心里真比枣还甜。乾隆当然不是弱智，他知道纪晓岚是在骗他，但假话听起来舒服，就像搔到了痒处，让乾隆从心眼儿里感到自在，六月里喝了冰镇酸梅汤。

有一天，乾隆要纪晓岚伴驾私访。到得城外，一处有三个儿子的大户人家正在给老太太过八十大寿，乾隆一行被待为上宾。席间主人备下了文房四宝，要乾隆赐墨，这位文如泉涌的天子立时提笔写道：

八旬老太不是人，

三个儿子都做贼。

主人和众亲友一看，立时怒不可遏，要把他们轰出去。纪晓岚明白这是皇上在给他出难题，于是他上前深深一躬说："各位不必动怒，寿诗尚未写完，待我来续：

八旬老太不是人，南海观音下凡尘。

三个儿子都做贼，天宫偷桃献母亲。

主人看了，转怒为喜，乾隆也十分满意。其实这高质量的拍马，只有文人才能做得到。从某种意义上说，文人的水平越高，拍马的水平也越高。

2003 年 8 月

175

且看他们的"政治面貌"

　　广西合浦县出了一条"腐败街"，十八栋小楼住着十八户当地的党政干部，目前这十八户中，已查明十六户犯有严重的经济犯罪或违纪错误，分别受到党纪政纪处分，其中六人已被逮捕。某报在报道这一事件时，列出了一张表，表中"政治面貌"一栏，十六个出问题的，"红一色"都是"中共党员"；与此表相关的还有一表，就是合浦县的"买卖官"名录，此表中列了二十二人，"政治面貌"一栏，也有二十人是"中共党员"。不知为什么，合浦县的"中共党员"要到这里来"报到"和"集中"？

　　有过工作经历的人，都填过多种表。工作时间越长，填表越多。填表的时候，"政治面貌"一栏，若是"中共党员"，那是很让人脸上有光的。按照历史经验，在统计先进人物的时候，如劳动模范，战斗英雄，各种各样的积极分子，政治面貌总是"中共党员"居多。而在统计坏人坏事的时候，却极少有"中共党员"。就是在去年抗洪救灾的严重关头，真正顶天立地、勇于牺牲自己、最让群众信赖的仍然是"中共党员"。这是我们党的光荣，也是每个党员的光荣。然而曾几何时，在河浦县"腐败街"以及该县的"买卖官"者中，却差不多成了"中共党员"的"一统天下"！真的让人搞不懂了，当了官的"中共党员"，在河浦县怎么竟是如此地堕落呢？根据近年来经济犯罪上升的趋势，较大的贪污犯罪，政治面貌也多是中共党员，因此使人不得不怀疑其他地方有没有"河浦县"，有没有河浦县那样的"腐败街"和"买卖官"；其它地方若是也填一张"腐败街"（或腐败楼、腐败院）和"买卖官"统计表，"政治面貌"一栏，是不是也是"中共党员"的"一统天下"？

党章早已明示天下，共产党是由无产阶级先进分子所组成的。无论是战争年代，还是解放以后的经济建设中，共产党员总是以自身的先锋模范作用、骨干桥梁作用享誉于广大人民群众之中。一位伟人讲过，共产党员是由特殊材料制成的。对于"腐败街"和"买卖官"的共产党员，他们是否也是特殊材料制成的呢？

目前有些党员的行为，实在有愧于共产党的光辉形象。时下中央电视台正在播放《雍正王朝》，那些昏聩无能、纵情声色、娇惯子女、暴敛民财

的朝中老臣，想当年多是战场上的英雄，平定
"三藩"，收复台湾，驱逐沙俄，平复准部，改土
归流，扼守西北，在维护祖国统一和领土完整的
伟大业绩中，涌现的出一批又一批战绩辉煌的八
旗子弟。然而（多么可怕的"然而"啊）也正是
这些人，后来变得腐败了，如果也让满清王朝的
贪官污吏填表的话，其"政治面貌"一栏，一准
是青一色的"八旗子弟"。连皇帝自己都感叹自己
的民族"贪聚贿赂，奸党日甚。"难怪在后人心目
中，"八旗子弟"竟成了腐化堕落、吃喝玩乐、
游手好闲的代名词。

对于八旗子弟的堕落，满清王朝是没有办法
的。广西河浦县"腐败街"和"买卖官"，已经依
法依纪进行了严肃处理，应该说，这正是中国共
产党的伟大之处；党不能保证自己的成员不腐败，
但一经发现腐败的成员，就能严肃地进行处理。
这一点，让人看到一线光明。

2002 年 8 月